Alex och Alma

Andra boken

Min andra bok om Alex och Alma och deras två barn Matheus och Irma.

En vanlig familj i en ovanlig vardag.

De har nu blivit en del av min familj som jag slaviskt kommer att följa i fortsättningen.

Jag är väldigt nyfiken av mig och undrar naturligtvis hur deras resa kommer att fortsätta.

Älskar detta med att skriva och jag tänker fortsätta så länge jag tycker det är ett nöje.

Barnbarn får sin tid med glädje. De är min inspiration. Liksom mina idag vuxna barn. Men städning ,disk och tvätt tummar jag på. Det blir gjort när det är absolut kris.

Agni Tzanakis

Alex och Alma

(Matheus och Irma)

En vanlig familj i en bok

© 2024   Agni   Tzanakis
Korrekturläsning: Evangelos Tzanakis
Bokomslag: Agni tzanakis

Förlag: BoD · Books on Demand,
Östermalmstorg 1, 114 42 Stockholm,
bod@bod.se
Tryck: Libri Plureos GmbH, Friedensallee 273,
22763 Hamburg, Tyskland

ISBN: 978-91-8080-033-4

Söndag

Steg ombord på planet med stor förväntan.
Letade upp min plats; 20 C. Längst ut mot fönstret satt en ung kvinna i ca. 30-årsåldern. Långt mörkt hår och mina tankar gick till Alma.
Hälsade men fick inget svar. Slängde upp min kabinväska på anvisad plats ovanför sätet. Jag sjönk ner i min flygstol och tog fram min agenda. Satte på mig säkerhetsbältet och försökte fokusera på de senaste händelserna i mitt och familjens liv.
Plats 20 B förblev tom.
Detta var första planet för säsongen som flög direkt till Chania. Skönt att slippa byta i Aten.

Började med Claes.
Vad var det som hade hänt. Jag var chockad över att han var inblandad. Hur hade det gått till och vem var det som hade pressat honom och varför.
Han hade varit eller var fortfarande under hot av någon eller några.
Vem ville de åt, mig eller Alma?
Vad visste jag om Alma.? Vi hade inte dragit vår fullständiga historia och förresten vem vet, kan

finnas hemligheter som inte kommit i dagen. Så var det ju med hennes så kallade väninna;
Sofia Bergström.

Måste ta reda på lite mer om henne. Varför hade hon kommit till vår uppfart och bara ramlat ihop, alldeles blodig och senare dött på sjukhuset. Vem hade skadat henne. Det måste jag ta reda på. Kanske ska ta upp det med Krim-Per när jag kommer hem. Det är dags nu att avslöja våra spöken. Även jag har ju lite förflutet som jag inte berättat.

William, vad var det som gjort honom att mer eller mindre kidnappa Alma istället för att bara kontakta henne via telefon. Underligt beteende.

Alma var en i länken för att få ut arvet efter deras far. Nu återstod bara Jens som vi hade berättat detta för, vilket betyder att han kanske skulle ta kontakt med William.

Planet lyfte och jag ägnade mig åt att titta ut genom fönstret utan att tänka på något särskilt. Det var halv mulet med en sol som försökte ta sig genom molnen med all sin styrka. Vi passerade dessa moln och befann oss i ett ständigt sol ljus.

"   Önskas något att dricka?"
"   Va, oj , ja tack, en lättöl.

Återgick till mitt och började fundera också över brevet som min moster skrivit.

Mycket besynnerligt och märkligt med min anknytning till Grekland som jag inte visste något om mer än att min far härstammade därifrån.

Min farmor som var svenska sa ingenting om detta. Hon pratade aldrig om min far, eller någon annan på min fars sida. Och det har inte funnits något i mitt liv, i vardagen, som kunde göra att jag skulle känna att jag har en grekisk ådra. Mitt namn var lite speciellt men det kunde vara taget. Hade inte lagt större energi på det och ingen annan hade reflekterat. Min farfar kom till Sverige där han träffade min mor som han senare lämnade.

Jag la det hela åt sidan för att inta min måltid som just serverats. Det var den vanliga folieformen med lite kött, grönsaker och ris. Fantasilöst men det var ju mitt val så det vara bara att stoppa i sig. Jag iakttog kvinnan som satt bredvid.

Trettioårsåldern, smal och såg lite stram ut. Kanske hon sov. Hon hade tydligen inte beställt någon mat.

Åt upp nästan allt, förutom riset som kändes lite väl smaklöst. Kaffe serverades. En halvtimme hade passerat sedan jag ägnade mig åt vad som hänt.. Flygvärdinnan plockade ihop och jag kunde fundera vidare.

Min mor, stackars henne. Det var därför hon försvann ibland och blev borta några dagar. För att jag inte skulle se hur misshandlad hon var. Ibland var hon borta längre tid, ibland kortare. Hur skulle jag förstått som var ett barn och ännu inte fyllt fem. Jag visste ju bara att hon var borta ett tag för att komma tillbaka. Utom den sista gången när hon försvann på natten och aldrig kom tillbaka. Det var en hemsk tid. Ingen sade något, inte ens farmor. Pappa och farmor höll tyst så fort jag frågade. De visste inte, sa dom. Men hur kunde det vara möjligt. Jag hade öppnat mammas garderob och där hängde alla kläder kvar. Det fick mig att tro att hon skulle komma tillbaka. Efter ett par veckor förstod jag att hon inte skulle komma tillbaka, i alla fall inte nu. Då tog jag en tröja från hennes garderob och hade den i min säng när jag inte kunde sova. Den blev min trygghet. Far jobbade jämt men min älskade farmor Seida fanns alltid där för mig. Henne kunde jag gråta ut hos när längtan efter mamma blev för stor.

Tittade ut genom fönstret en stund. Vi låg över molnen och svävade. Tog en titt på kartan och fann att vi befann oss över Alperna. En bit kvar alltså. Lutade mig tillbaka och somnade bort en stund, vaknade av att flygvärdinnan ropade ut för landning. Hade sovit nästan 2 timmar.

Kvinnan bredvid satt i samma ställning som när jag sist iakttagit henne. Var hon verkligen levande?

Nu fick jag nog tänka om, varför denna skepsis.

Spände fast säkerhetsbältet och inväntade landningen. Molnen var passerade och ett landskap öppnade sig nedan, hav och fastland, badande i sol. Såg mycket inbjudande ut.

Det blev en mjuklandning och en del applåderade för det.

Samlade ihop mina grejer reste mig upp och öppnade luckan ovanför. Tog ner väskan och gjorde mig klar för avstigning.

Precis när jag skulle stiga ut på trappan hörde jag i högtalaren:

" Mr. Bofakis, var vänlig, kontakta en flygvärdinna"
Jag vände mig mot flygvärdinnan som jag just passerat. Hon bad mig stanna en stund tills alla gått av planet. Hon sa att det var ett problem med min medpassagerare.

" Men jag har ingen medpassagerare, en för mig okänd kvinna satt på samma rad, fönsterplats."
Okey, sa värdinnan och jag stod kvar tills planet var tomt.

Omedelbart efter att alla stigit av planet kom det ett team med läkare, sjuksköterskor och jag tittade ut och såg en ambulans.

" men vad är det som har hänt?"
Inget svar.

En polis kom upp för trappan och bad mig följa med. Jag följde honom ner för trappan där hans bil väntade. Han öppnade bakdörren och jag klev in. Där satt en ljushårig kille i 25-årsåldern.

" Hej, jag heter Alex, vad är det som händer."

" Hej, jag heter Johan och är reseguide. Jo, det är så att kvinnan som satt jämte dig är död."

" Vaaa.. Hon satt ju i och för sig på helt orörlig hela resan men att hon var död."
Alltså jag blev helt mållös. Jag såg ambulansen passera.

Polisen körde efter medan vi pratade och vi befann oss ganska snart vid infarten till ett sjukhus. Chania Hospital.

Polismannen ledde in mig och Johan till ett rum. Vi skulle vänta ett tag tills läkarna hade fastställt vad kvinnan dött av.

Jag och Johan satt och pratade lite om det som hänt sen berättade han lite om Chania. Undrade vad jag skulle göra på ön.

Jag förklarade lite allmänt att jag hade några släktingar som jag skulle besöka, mer behövde han inte veta.

Vi hade suttit minst en timme innan dörren öppnades och en läkare kom in tillsammans med polisen.

" Mr Bofakis, Kvinnan hade dött av en hjärtinfarkt. Det måste hänt högst två timmar före landning eftersom hon är varm fortfarande." Han sa det på engelska och frågade sen om jag kände henne, vilket jag inte gjorde. Han ställde en del frågor om jag iakttagit något särskilt med henne. Men jag sa att jag tyckte hon suttit länge i samma ställning. Han ursäktade sig för att han uppehållit mig och bad om mitt mob.nr. Jag gav honom det.

Han tog i hand och jag och Johan gick ut från sjukhuset och han frågade vart jag skulle.

"   Jag ska in till stan, Chania"

"   Okey, vi delar på en taxi"

Jag tackade honom för att han hade tagit sig tid med mig i denna situation. Vi satt ganska tysta. Min mobil ringde , det var Alma.

"   Hej Alma, jag har landat och jag ringer dig om en stund, okey?"

" Javisst " sa hon och la på.

Johan släppte av mig vid KTEL, busshållplatsen.
Jag tog mina väskor och gick ner till hamnen och slog mig ner på en restaurang och beställde en öl. Nu först kunde jag smälta vad som hänt.
Ringde upp Alma och vi pratade säkert en timme.
Hemma var det lugnt, alla mådde bra och de skulle äta och göra sig iordning för att gå till svärmor.
Jag drack min öl och tog en promenad tills jag nådde pensionatet som låg bakom museét, lite på baksidan och nära till hamnen med alla restauranger och cafeér.
Pensionatet Nora.
Gick in och bokade. Ägaren presenterade sig som Eftichis. Fanns ganska många lediga rum så här innan säsongstart. Balkong mot havet fanns men inte i anslutning till rummet utan i hallen. Jag valde rummet närmast balkongen. Det var gammalt men väldigt fräscht. Det knakade i trägolvet och doftade som hos Almas gamla mormor. Hon var död sen ett tag tillbaka men vi hade varit mycket hos henne.
Hon hade varit kyrkvaktmästare i Tumba och där lekte Alma och hennes kusin när de var små. Mormor Julia bodde i ett litet hus bredvid. Morfar Georg hade dött på havet i andra världskriget.
Jag packade upp lite och tog en snabbdusch. Varmvatten fanns det gott om, kände mig lite hungrig
Gick ner på närmsta restaurang och beställde färsk fisk, en grekisk sallad och en Retsina.

Det var så länge sedan jag drack Retsina. Och den bästa var den från Chania. Och färsk fisk. Jag njöt verkligen och kände vad jag saknat Grekland. Berodde det på att jag var halvgrek, ha ha. Det kanske fanns i mitt DNA.

Nu kändes det verkligen som semester. Jag lovade mig själv att morgondagen skulle gå till att vara ledig. Promenad i stan, god mat och lite planering inför tisdagen. Jag behövde verkligen landa och koppla av lite. Kameran var med så det kommer att bli några plåtningar. En av mina passioner.

Avnjöt min fisk och sallad i lugnt tempo. Inte mycket turister så här års, april brukar det inte vara så mycket folk. Fisken var välstekt och superfärsk.

Som vanligt bjöds man på efterrätt, i detta fall lite grekisk youghurt med inhemsk honung samt inte att förglömma Sikodiá (raki.) som är en alkoholdryck gjord på jästa vindruvs-skal som blir kvar efter vintillverkningen. Ljuvligt. Likvärdig med italiensk grappa. Satt kvar relativt länge, funderade lite hit och dit, skrev ner lite som kom upp: Almas bröder, min mor, min moster och min far, Andreas. Undrar varför han hade varit så elak mot min mamma.

Fotade lite utifrån där jag satt. Fantastisk kväll. Bara en långärmad tröja för att hålla värmen. Söndagskväll, grekiska familjer syntes lite överallt på cafèer och restauranger på denna gågata.

Slängde en blick på klockan och den var redan närmare tjugotvå. Kallade på servitören och betalade.

Reste mig och drog mig mot Nora när mobilen ringde. Tänkte att det var ganska sent för att ringa från Sverige men där var klockan bara drygt 21.

" Hallå"

" Hello, Mr Bofakis?"

Blev lite förvånad eftersom jag väntade mig att det var hemifrån.

"   Yes, it´s me"

"   This is Kostas."

Det var polisen från Chania som hade lite frågor angående Irini. Han undrade om vi kunde ses imorgon strax före nio.

Jag föreslog att vi skulle ses   på   `Meltemaki` `(tidigare `Meltemi`)   som låg på Angelou Street ner mot hamnen. En tvärgata bort från Nora. Ett speciellt café med en historia som går långt bak i tiden. Mindre i storlek, men med samma stora kram för varje gäst. Där möts man av ägaren sedan fyrtio år, Giannis Papadoulakis som säger:

"   Jag minns mig själv i detta område. Jag är född här. Vi brukade spela boll på tomma gator."

Kom överens med Kostas att vi skulle ses där.

Vi avslutade samtalet och jag var framme vid Nora. Tog några foton och samspråkade lite med ägaren Eftichis. Släpade mig upp för trapporna för jag kände mig ganska trött.

Väl inne på andra våningen, där mitt rum låg, gick jag direkt ut på balkongen som låg precis utanför mitt rum och slog mig ner. Funderade på vad polisen kunde vilja. Inget att fundera över eftersom jag inte kunde få något svar på det ikväll. Jag drog mig in på rummet och gjorde mig iordning för natten. Satte mig på sängkanten och ringde till Alma.

" Hej, kära hustru, väckte jag dig?"

" Nej, jag sitter i köket hos mor och vi pratar lite, barnen sover."

" Hur har din dag varit?"

" Lugn, tycker jag, har börjat att rita upp lite på golvet i källarvåningen hur rummen ska bli för att se om det känns rätt. Har dessutom fått fler samarbetspartners som vill hyra rum. Detta känns riktigt bra. Barnen har varit på lekplatsen med mormor och sen hemma. Jag lagade mat och vi åt hos oss. En lugn skön dag. Och du? Gick resan bra?"

" Ja det var nästan fullt och resan var utan problem. Lite halvdan mat men det är ju som det är ibland. Har hittat ett pensionat du skulle gilla. Det heter NORA och du kan gå in på deras hemsida och titta. Har intagit en underbar måltid med färsk fisk och grekisk sallad samt Retsina. Inte tokigt. Inte mycket turister. Nu sitter jag på sängen och ska lägga mig ner, känner mig lite trött faktiskt. Imorgon blir det lite ledigt och lite jobb. Ska vi säga Godnatt?"

" Javisst, puss och kram och vi hörs imorgon."

Jag valde att inte berätta vad som hänt på flygplanet. Det fick vänta.
Tog ett tag innan sömnen infann sig.

Måndag

Vaknade tvärt av ett himla liv utanför. Sneglade på klockan som var fem och steg upp och gick ut på balkongen. Lite morgon kyligt. Tittade mig omkring och såg sopbilen.

Alltså det lät som en stenkross. Ingen mer än jag stod på någon balkong och tittade. Förmodligen var alla vana vid denna händelse i tidig morgon. Drog mig tillbaka och lade mig. Vaknade lite senare.

Det var nu som jag skulle ta tag i saker och ting. Ringa advokaten och ta reda på vad jag skulle göra. Förberedelser för resten av veckan men mest av allt, avkoppling.

Gjorde mig iordning och gick ner på `Meltemaki´ s Underbart ställe och lugnt på morgonen. Få turister bara en del grekiska gentlemen som läste tidning och pratade.

Nypressad apelsinjuice, getost, bröd, hemlagad marmelad och kaffe. Beställde en dubbel grekisk kaffe med lite mjölk. Åt min frukost i lugn och ro. Ringde ett kort samtal till Alma som hade fullt upp med bottenvåningen. Hon och barnen mådde bra. Ingen skymt av Claes eller Berit. Vi skulle höras mer lite senare. Omkring halv nio kom Kostas, polisen. Han slog sig ner och jag beställde en kaffe till honom. Han pratade engelska.

"   Vi har identifierat kvinnan på flyget . Hon var svenska och hennes namn var. Irini Bofakis.
Hon var från Stockholm men bodde i Köping.
" Bofakis..!!! Omöjligt."
Vem var hon? Samma namn som mig. Släkt eller är det ett vanligt namn.
Kostas fortsatte:
" Hon skulle till en by utanför Chania. Hon hade ett dokument i sin väska som visade på att hon hade en farbror där. Hon hade uppgift på att han hade dött och att hon skulle ärva honom. Några dokument handlade om ett hus på sydvästra Kreta."
"   Vad heter byn." replikerade jag
 " Det kan jag inte svara på då dessa dokument gick direkt till den advokat som hade skrivit dokumenten från början.
Jag blev stum. Stirrade på honom som att jag sett ett spöke. Han sa inget mer.
Jag var mållös. Vi drack vårt kaffe under tystnad.
Det var jag som avbröt tystnaden.
"   Minns du något annat namn på de dokumenten."
"   Nej, men jag tror att advokaten hette Tzidakis, men förnamnet vet jag inte."
Varför hade Manolis inte sagt att det fanns en arvinge till. Med tanke på namnet så, ligger det nära till hands.
Jag skrev ner lite stolpar, Kanske Manolis kunde berätta mer. Klockan hade passerat tio och jag skulle möta honom efter lunch.

17

Kostas reste sig och gick mot sin motorcykel medan jag satt kvar och funderade på nya fakta. Googlade på Irini Bofakis men det gick inte att uppbringa den minsta information om denna kvinna. Jag promenerade runt i Chania, tittade i butiker och på arkeologiska utgrävningar som låg mitt i stan. Det är ju en vacker stad med hamnpromenaden som är väldigt lång och båtar som ligger förankrade sida vid sida. Mest uthyrningsbåtar. Från enkla båtar till stora lyxyachter. Annat var det när jag besökt Chania. Då var där små och stora fiskebåtar.

Återvände till Nora genom smala gränder och uträttade några ärenden på vägen, bytte till lite svalare kläder. Tog mina dokument och gick för att möta Manolis Tzidakis.

Jag slog en signal till Manolis och en kvinna svarade. Hon kunde inte bra engelska men kunde förklara för mig att advokaten var ute och att jag skulle ringa efter halv två, då han skulle vara tillbaka. Tittade på klockan, närmare halv ett. Det var fantastiskt ute. Soligt och en sval vind som smekte kinden. Jag tog hamnpromenaden mot museet. Tog en bild av skulpturen ” Hand”.

Ett minnesmonument för offer från 1966 då en färja sjönk mellan Souda hamnen utanför Chania och Piraeus.

Antalet omkomna var ovisst men det spekuleras i att ca 200 människor drunknade. På den tiden registrerades inte båtresenärerna som idag. Då kunde man gå ombord och boka biljett på båten.

Fortsatte via hamnpromenaden   till restauranger och cafeér.

Det var fortfarande relativt lugnt.

Jag slog mig ner vid kajkanten på en träsoffa och tog fram min kamera. Tittade ut över hamnen. Det var ett underbart ljus för fotografering.   Havet fullständigt glänste. Turister var några få som intog något att svalka sig med på olika serveringar och grekerna var på väg till sina jobb eller andra uppdrag.

Tog en del bilder på de vackra husen, de hade olika färger och var väldigt gamla trähus. En del var nästan förfallna men mycket hade hänt sedan sist när Alma och jag promenerade längs kajen

Lite förändringar hade naturligtvis skett vad gällande restauranger och Caféer, men i det stora hela kände jag igen mig och fick också en känsla av att höra hemma här. Slog mig ner på en soffa och studerade omgivningen.

Mobilen gjorde mig påmind om att klockan var nästan två.

"   Hello."

"   Godmorgon" sa Manolis på engelska.

"   Jag är Manolis Tzidakis, din advokat här i Chania. Jag har haft kontakt med din svenska advokat. Jag hoppas att du har samtliga dokument med dig. Kan vi ses i hamnen om ungefär en kvart. Finns ett cafe´ som heter Remezzo."

" Det passar mig alldeles utmärkt."

Han lade på och jag började så smått att leta upp Remezzo.

Jag gick tillbaka mot de gamla tullhusen och ännu längre men fick vända om. Säkert hade jag missat det. Fortsatte hela vägen tillbaka till soffan där jag suttit. Tittade mig omkring och fann att bakom den bänk där jag suttit låg Remezzo. Typiskt mig.

Mobilen ringde och en man viftade till mig från längst in i cafeét. En man ungefär i min egen ålder. Välklädd utan kostym.

Jag gick mot honom och han reste sig och vi presenterade oss för varandra.

Vi pratade engelska. Han frågade om jag ville ha något att dricka. Jag beställde en grekisk kaffe och en sandwich, började bli lite sugen, trots min stadiga frukost.

Han böjde sig fram över bordet och sade:

Alex, jag måste säga något.

"   Vi är halvbröder. Jag har längtat så länge efter att få träffa dig, och Irini , som dog på planet, var vår syster."

Han fick tårar i ögonen. Jag bara stirrade på honom och kunde inte säga ett ord. Vi reste oss nästan samtidigt och kramade om varandra.

Jag blev fullständigt mållös och kunde inte få fram ett ord. Bara stirrade på Manolis. Vi slog oss ner igen och började prata om allt annat än dokumenten.

Jag berättade för Manolis att min mor inte hade nämnt honom eller Irini i något sammanhang. Hon hade ju samma efternamn som mig.

Han avbröt:

" Vår mor har i princip gömt sig för din far och var rädd att det skulle hända dig, mig och Irini något om hon avslöjade oss."

" Men Irini som satt bredvid mig på planet hit och jag hade ingen aning om vem hon var och så dog hon.

Vi var tagna av samtalet och drack vårt kaffe under tystnad sen tog jag fram mina handlingar och Manolis ögnade igenom dem som hastigast.

Det började strömma till turister och Manolis förklarade för mig att ett kryssningsfartyg lagt till i Souda.

" Det kommer många kryssningsfartyg hit till Chania över säsong. "(Han tittade lite på mina dokument.)

" Vet du var denna gård ligger?"

" Nej, inte mer än att den ligger på sydvästra Kreta, men inte exakt. Har tittat på google map men kan inte lokalisera gården exakt."

" Ok, vi gör så här: jag tar med mig handlingarna och läser igenom dem ordentligt och sen ringer jag till dig ikväll och vi bestämmer när vi kan ses. Imorgon kan jag inte men sen vet jag inte hur läget är, det får du reda på ikväll. Är det okey?"

" Javisst, det är bara banken som vill att jag ska höra av mig så snabbt som möjligt, det var därför som jag kom ner med så kort varsel. Måste gå till banken senast i slutet av denna vecka. Vi hörs ikväll, ha en trevlig fortsättning på dagen."

" Tack detsamma." sa Manolis och lämnade.

Han reste sig och gick och jag satt kvar ett tag. Jag slog en signal till Alma.

"   hej älskling."

"   hej, har träffat advokaten, han heter Manolis och han är min bror, och irini som dog på planet var min syster, Alma.

" Vad säger du Alex, det är inte klokt.

Jag kunde inte hålla mig längre, reste mig och promenerade bort från caféet och började gråta.

"   Men Alex, kära du, det låter inte klokt."

Jag lugnade ner mig lite.

"   Han är några år yngre än jag. Vi är lite lika faktiskt och han är väldigt trevlig. Han tog mina dokument och skulle läsa igenom dem och höra av sig ikväll. Han fick kopiorna för man är ju lite orolig att lämna ifrån sig originalen. Irini var bara drygt trettio."

"   Men Alex, vad säger du. Det är ju inte klokt, som sagt. Hur mår du i detta. Hur är Manolis och hur mår han och din mamma.

"   Jag vet inte, Alma. Manolis var uppriktigt ledsen naturligtvis. Min mor har jag inte träffat än.

Men hur är det med er?"

"Vi mår bra, fast det har hänt lite sen igår. Vi sover hos mamma och imorse vaknade jag tidigt för att gå hem och sätta på en tvätt innan barnen skulle till skolan.

När jag kom fram till vårt hus var Claes där igen, utanför och snokade. Jag gömde mig lite, konstigt va, och han smög omkring runt huset och letade efter nåt, tror jag. Det såg så ut. Jag avvaktade för att se vad han skulle göra. Men han rörde sig runt huset utan resultat vad jag förstår. Han reste på sig och drog en djup suck och gav sig iväg. Han måste ha parkerat bilen en bit bort för jag kunde inte se den.

Jag väntade tills han var ur sikte och låste upp dörren och gick in och la i en tvätt."

"   Men vad har han för roll i det hela?"

"   Ja, ja vet inte, men han är väl observerad av polisen. Eller?"

"   Jo, det sa väl Per, att de skulle hålla ett öga på honom, men de tror inte att han är direkt inblandad utan mer att han är ett offer."

"   Jag vet inte, men det är i alla fall lite obehagligt, man vill ju gå fram och hälsa som vanligt."

"   Fundera inte på det nu, hur går det med källaren då?"

"   Jo, jag är nere nu och det börjar likna nåt. Snickaren är här och sätter upp väggar och jag har fått fler hyresgäster så nu är vi fullbokade. Jag tänker öppna i början av juni. En del vill nämligen jobba under sommaren. Jag tror verkligen på detta."

" Underbart Alma, Jag ska ta en promenad här i Chania idag och ta det lugnt. Ikväll ringer Manolis och imorgon sätter jag igång mitt uppdrag. Hälsa barnen och vi hörs på Face-time ikväll om det fungerar. Puss o Kram."

"Puss, Alex vi saknar dig här hemma."
"Saknar er också. Jag är snart tillbaka, hörs ikväll."
Vi stängde av samtidigt och jag gick en promenad mot centrum i lugnt tempo. Tänkte på det som hänt och att Irini dog på planet. Min syster som jag aldrig träffat. Tänk om jag hade försökt att prata med henne kanske jag hade kunnat rädda henne. Svåra tankar som skulle ge sömnlösa nätter. Fotade lite. Solen värmde och gatorna började fyllas av turister samt ortsbefolkning. Jag strövade runt och bara kopplade av tills hungern gjorde sig påmind och jag hade hört talas om en restaurang som hade färdiglagat. Den hette Kouzina EPE. Googlade lite och hittade den. Det var inte speciellt långt men den låg mera inåt stan från hamnpromenaden. (Daskalogianni 25). Det hade blivit lunchdags och mycket folk var redan där. Jag hade gjort en riktig långpromenad i stan, på två timmar. Ibland går tiden fort. En del gäster kommer och köper mat-paket och går. Jag slog mig ner efter att jag tittat i alla grytor. Det är få restauranger som har det konceptet. Och det är allt hemlagat på bra produkter.
Jag beställde deras fisksoppa och en Xorta som jag inte ätit sen jag och Alma var på Kreta. Det är som en sorts gräs eller planta som finns i olika varianter beroende på säsong. De kokas lätt i vatten och serveras med olja och citron. Beställde en kvarts vitt vin.

Det tog inte så lång tid att få soppan serverad och jag intog den i sakta mak. Soppan var gudomlig, om man kan säga så.
Som alltid bjöds det på efterrätt, idag var det pannacotta. Jag var mer än nöjd och betalade min nota och gick mot hotellet. Hade bestämt att jag skulle ta siesta.
Plötsligt framför mig stod Johan, guiden från taxin.
" Hej, Johan."
Han tittade lite frågande men sen kom han ihåg.
" Ja men hej Alex, hur är läget?"
" De har identifierat kvinnan på flyget som en med samma efternamn som mig."
" Ja vet, sa Johan. Hon hade bokat på ett av mina hotell. Men hon hade bokat för två. Nu minns jag inte namnet på den hon anmält som rumskamrat för det kom ingen till hotellet. Vill du att jag ska kolla upp det? Egentligen får jag inte göra det men i det här fallet kan det ju spela viss roll."
" Låter ju besynnerligt, har du tid och ta en öl eller en kaffe?"
" Tack, just nu är jag på väg på jobb. Vi kanske kan fika en annan dag. Det är lite lugnare än det är i högsäsong."
Vi skildes åt.
Jag funderade inte mer på det utan fortsatte mot Nora som låg runt knuten och gick upp på rummet. Tog en snabbdusch och la mig på sängen och tittade i taket.

Kände mig konfunderad och lite blasé. Vet inte riktigt hur jag skulle reagera på den information jag fått av Johan.

Irini Bofakis, min syster, en kvinna i sina bästa år, åker med samma plan, sitter och dör på planet som jag är med. Hon har bokat ett rum för två på ett hotell som Johan är guide på.

Hennes rumskamrat hade inte checkat in på rummet. Hade hen varit med på planet?

Det måste hen ha varit eftersom man bokar `paket' eller kanske inte.

Tog upp min bok ur väskan och läste lite men svårt att fokusera. Somnade till en stund och vaknade av att mobilen surrade.

"   Hej det är Johan, Jag har hittat namnet på personen. Det rör sig om en man som heter Tomas Bergström, Han var bokad på planet men har inte checkat in på mitt hotell."

"   Hej, jaha det lät ju besynnerligt. Men han kanske är här ändå, kommit hit på annat sätt. Jag känner dock ingen med det namnet vad jag vet. Men du kan väl höra av dig om du hör nåt.

"   Ja det gör jag. Imorgon är jag ledig om du har tid för en lunch kanske."

"   Ja det tror jag nog, jag hör av mig."

Samtalet avslutades.

Klockan hade passerat sju. Jag måste ha sovit ett bra tag. Undrade när Manolis skulle ringa. Drog på mig kläderna och gick ut.

Tog en promenad uppåt stan och slog mig ner på Gregorýs café,

En trappa upp är det rökfritt och stora fönster med utsikt över Saluhallen. Jag slog mig ner på balkongen. Beställde en cappuccino. Ringde upp Manolis.

" Kalispera,(godafton) is Mr. Tsidakis in?"
" No, sir he will be here in about an hour. "Can I help you?"

Hon som svarade lovade att meddela Manolis att jag ringt.

Drack upp mitt kaffe och tog en sväng ner på WC som låg i undervåningen. När jag kom upp därifrån mot utgången på cafeét stod Manolis, och språkade med en kvinna som jag inte såg framifrån men tyckte att jag kände igen.

Jag stannade en liten stund på avstånd bakom en pelare för att inte synas. De språkade ganska intensivt med lite höga röster. Snabbt skildes de åt och Manolis gick ut men kvinnan kom emot mig för att gå upp på kaféets övervåning, där jag just suttit.

Jag vände mig om lite försiktigt där jag stod för att inte bli sedd och iakttog kvinnan som var på väg uppför trappan.

Min mor, men hur var detta möjligt...

Hade inte sett henne sen jag var fem år. Men jag kände igen henne. Flera rynkor men sig lik. Otroligt.

Tänkte direkt att jag skulle gå upp och kasta mig om halsen på henne men sansade mig och gick ut.

Nu måste jag vänta på Manolis att han skulle ringa så jag kunde få en förklaring till detta.

Helt plötsligt hörde jag någon ropa mitt namn.

Vände mig om och där var hon, 2 meter från mig och strålade av lycka. Alex, Alex sa hon lite väl högljud, och vi kramades i säkert en timme, kändes det som.

Jag tittade på henne och hon grät. Och jag med. Min mor som jag ej pratat med på ca trettiofem år.

" Alex, vi måste gå härifrån."

" Ok, vi går till mitt hotell, eller vill du att vi tar taxi?"

Hon nickade.

Jag beslutade att vi skulle till mitt hotell och gick o hämtade en taxi som körde en extra sväng för att komma på rätt sida om Gregory´s. Väl framme vid cafee´t sökte jag med blicken överallt, ingen mor. Klev ur bilen och gick in och letade men hon var som bortblåst.

Gick tillbaka till taxin, skulle betala vad jag var skyldig för min korta färd men chauffören sa att en kvinna hade betalt för den. Min mor. Han gav mig sitt kort så jag kan kontakta honom om jag behöver taxi en annan gång. Väl genomtänkt från hans sida. Jag stod sen kvar utanför Gregory´s och gick in igen för att se om hon var där i alla fall. Men hon var inte där.

Jag kände mig så ledsen, faktiskt. Där var hon en stund i min famn och jag kunde känna hennes doft som jag saknat sååå länge och nu var hon borta igen.

Jag tittade på telefonen men ingen hade ringt. och klockan var nu närmare nio. Detta var synnerligen overkligt. Visste inte vad jag skulle göra.
Tog fram mobilen och ringde till advokatkontoret.
" This is Manolis Tsidakis and I can not take your call.   I will contact you as soon as possible." Telefonsvararen meddelade att han skulle ta kontakt.

Jag promenerade ner mot hamnen och gick tills jag hittade en tom bänk och slog mig ner.
Ringde till Alma.
"   Hej Alex, hur har du det, min älskling"
"   Jodå, det är bra, lite trög-arbetat, och du."
"   Det är bra, källaren är snart klar med väggar, Claes har inte synts till. Barnen mår bra men vi längtar efter dig redan. Men vad är det som är trögt hos dig?"
"   Manolis skulle ringa men ringde inte, men jag satt på ett cafe´ och då såg jag honom med min mor, men jag gick inte fram. Gömde mig bakom en pelare. Manolis gick ut och min mor gick in men fick syn på mig och blev så glad. Vi kramades och hon sa att vi kanske skulle gå någonstans lite mer skyddat. Jag föreslog att vi skulle gå till mitt hotell så jag fixade en taxi men när jag kom till fiket med taxin efter knappt 5 minuter så var hon som bortblåst. Jag ringde Manolis igen men han var inte tillgänglig och skulle höra av sig. Jag ringde även till hans kontor men ingen svarade. Jag har

inte hans personliga mobilnummer. Han har ännu inte hört av sig.

Så just nu är jag lite frustrerad. Sitter på en bänk och funderar men om en stund går jag till hotellet och fortsätter imorgon."

" Men käre Alex, låter ju inte klokt det som händer."

" Ja det är lite mycket, om man säger så. Blev lite utfrågad av en polis men de förstod ju att jag inte hade med det att göra. Men en polisman som hjälpte mig lite berättade att hon hade dokument med sig om att hon ärvt någon på sydvästra Kreta. Underskrivet av Manolis T. Min advokat.

Då undrade jag naturligtvis vem hon var, men nu vet jag. Undrar då vem som ärver hennes del.

" Alex, vem kan det vara som vi ska dela med. Jag trodde du skulle få lite ro där på Kreta. Vet inte vad jag ska säga. Vi kan ju inte komma ner liksom."

" Alma, jag tror att det ordnar sig imorgon. Det måste jag tro annars blir man ju galen. Vi kan väl höras imorgon. Hälsa barnen och sköt om er. Puss o Kram"

Samtalet avslutades och jag intog min måltid på en närliggande restaurang. Lamm kokt i Olja (Sigariastó), en grönsallad och lite lokalvin. Smakade väldigt bra men jag hade svårt att njuta till fullo utan att fundera över Manolis och Irini, min syster?

Satt ett bra tag och bara stirrade rakt ut tills servitören kom och frågade om jag vill ha något mer. Jag nästan hoppade till för jag var så in i mina egna tankar. Bad om notan och han kom med en radiokaka och Raki.

Radiokaka hade jag inte ätit sen jag var liten. Min mamma gjorde den och hon sa att mormor gjorde den när mamma var liten. Jag har inte sett radiokaka sen dess.

Radiokaka är ett bakverk med kokosfett, mariekex, chokladsmet som varvas i en form och placeras i kylskåp.

Den var väldigt god men inte som mammas.

Ingen Manolis ringde och jag gick snabbt till hotellet som låg i motsatt riktning från restaurangen.

Gick direkt upp på rummet. Ikväll fanns fler gäster. Hördes lite röster här och där. La mig på sängen med datorn och kopplade upp mig på FaceTime. Hoppades att barnen inte sov, jag hade lovat att ringa. De svarade innan signalen nått fram. De pratade i mun på varandra, i drygt en halvtimme. De mådda bra och längtade tills jag skulle komma hem.

Jag satte på en film

Men såg inte hela utan släckte ganska snabbt och somnade omgående.

Tisdag

Jaha och så var det stenkrossen igen. Vaknade men gick inte upp eftersom jag visste vad det var. Somnade om och vaknade av telefonen. Var låg den nu då. Rummet var relativt litet med en dubbelsäng, ett sängbord och ett minimalt skrivbord och en garderob för 5 plagg. Ganska bra duschrum med wc. Dög alldeles utmärkt för mig.
Efter ett visst sökande och signaler som slutat att ringa hittade jag den i jackfickan.
Kände inte igen numret, men det var grekiskt. Jag ringde.
"   Alex."
"   Jaha, hej Johan. Godmorgon, hann inte svara, hur är läget?"
" Jo, det är bra. Är ledig nu på förmiddagen. Ska vi ta en fika?"
"   Ja, toppen, var ska vi ses?"
"   Jag brukar gå på Röda cykeln, ligger bakom stora kyrkan neråt hamnen, Halidon gatan.
Vet du var det är?"
"   Ja, gick förbi igår, då ses vi där om en stund."
Kastade en blick på mobilen. Klädde mig och gick upp mot stan. Råkade på ägaren till Nora. Han var ute med sin hund. Vi slängde några ord och sen gick vi åt varsitt håll. Jag tog den inre vägen. En

fin gågata, smal och charmig med butiker och caféer och små tavernor. Flera små hotell. Det var tidig morgon och de flesta höll på att öppna upp. Fotade lite.

Johan satt redan på plats när jag kom fram. Slog mig ner och beställde frukost. Älskar att äta frukost ute. Finns så mycket att välja på och bara sitta på morgonen och bli serverad. Lyx.

Johan fikade redan men beställde frukost när han fick se vad den erbjöd.

" Alex, jag har försökt att ta reda på lite om Irini."

Jag avbröt honom.

" Johan, hon var min syster, vilket jag inte hade en aning om."

Johan tappade fullständigt fattningen.

" Men, Alex, är det sant. Hur kan det vara möjligt att du inte visste det. Det låter ju helt absurt."

Han fortsatte:

" Hon hade sitt pass så jag sökte hit och dit och fick tag på en vän till henne. Jag har haft kontakt med Tomas anhöriga. De är djupt chockade och har svårt att ta in det som har hänt. Men fick i alla fall fram att Tomas var bror till Sofia som Irini kände.. Hon hyrde visst ett rum av honom ett kortare tag."

" Det blev man ju inte klokare på."

" Jag frågade faktiskt om de kände till dig, men det var ingen av dem som hade hört att det fanns någon i familjen Bofakis med till Kreta. De hade hört talas om nån som hette Andreas som de trodde var död sen ett par år tillbaks."

”.   Men det är min far. Jag vet just inte vad som hänt honom. Han träffade en ny kvinna och försvann. Gifte sig inte för han var (är) gift med min mor. De skilde sig aldrig, men nu för tiden kan man byta namn hur som helst. Jag har inte fått bekräftat om han är död eller inte.”
"   Du Alex, verkar lite stökigt i ditt liv."
"   Ja verkligen, berätta lite om dig, Johan."
"   Jag är guide sen 10 år tillbaka. På sommaren jobbar jag här eller i Spanien och på vintern i Thailand eller Indien eller på nån vinterort. Gillar verkligen det här jobbet. Ingen relation kan man ju ha men just nu så känns det bra."
"   Ja det låter spännande. Jag är journalist och fotograf. Trivs med det. Är gift och har två ungar."
"   Och vad gör du här nu då."
Jag funderade en stund medan jag tuggade i mig min fralla med feta, skulle jag berätta eller. Jag kände inte Johan, visste inte vem han var.
"   Jag har ärvt ett litet ställe och därför är jag här för att se hur det ser ut och jag ska bara stanna i ca två veckor. Har ett vernissage som väntar i Stockholm. Jag fotar en del här också. Förenar liksom arbete med nöje i lagom dos.”
"   Okey, jag måste nog sticka iväg för jag börjar jobba snart. Kontoret ligger i Kato Stalos. Det tar en stund med motorcykeln. Men vi kan väl ses igen kanske. I vilket fall hör jag av mig om jag hör nåt om Irini och Tomas. Jag sms:ar dig lite detaljer.”

"   Det vore toppen, tack ska du ha och kör försiktigt. Vi ses."

" Vi ses."

Han drog iväg iväg på motorcykeln som stod en bit bort och jag fick en konstig känsla av att han visste mer än vad han berättat. Kan ha fel men det kändes så. Det ringde på mobilen.

"   Ja, det är Alex."

" Kalimera. sa en välbekant röst. Manolis, kan vi ses?

"   Kalimera, okey jag är på caféet `Kokkino podilato.´

Det var det grekiska namnet för Röda cykeln, Ett relativt känt ställe bakom Stora katolska kyrkan mitt i Chania. Serverar det mesta."

". Kommer om ungefär en kvart"

Jag beställde en grekisk kaffe till och åt upp det sista av frukosten. Spännande att få höra om gårdagen.

Tänkte ligga lågt och inte säga att jag sett honom med min mor för att höra vad han hade att säga.

Det hade passerat drygt en halvtimme innan Manolis kom. Lite grekiskt, kan jag tro. Inte så viktigt det där med att passa tiden.

" Kalimera,(godmorgon) Vad vill du dricka."

" En grekisk kaffe utan socker.."

Jag beställde och inväntade att Manolis skulle börja prata. Han tittade lite frågande på mig men jag tittade tillbaka och till slut började han att berätta:

" Okey, jag har gått igenom dina dokument."

Översätter den fortsatta konversationen.

" Jag fick ett plötsligt möte igår kväll och kunde inte ta kontakt med dig." Ber om ursäkt för det. Han visste ju inte vad jag hade sett, men jag lät det vila vid det. Manolis fortsatte:

" Dessa dokument är beviset på att du ska ta över en gård tillsammans med din syster Irini Bofakis". Jag blev stum."

Tittade på Manolis som såg ut som han levererat en vardaglig händelse,

" Din farbror som du nu ska ärva har skrivit i sitt testamente att du och din syster Irini, ska ärva denna gård. Han har lagt till bevis på att hon är släkt med er familj. Hon skulle ta med sig personbevis från Sverige som kunde intyga detta men de har jag inte sett till. Jag måste rätta mig efter detta testamente tills jag får annan information. Men jag kan inte se att det ska ske." Jag stirrade på honom en lång stund. Visste liksom inte hur jag skulle reagera på denna information. Min syster, (tänk om jag vetat) och nu är hon död. Men bodde hon i Köpenhamn.

" Nej hon bodde i Köping."

Jag hoppade nästan till, så in i mina tankar var jag.

" Alex, jag lämnar dokumenten för jag har ett möte till att klara av, och du ringer mig när du har läst igenom och funderat. Det du måste göra närmast är att gå till banken.

Han tog mig i handen och gick medan jag stod kvar med tom blick. Jag betalade och gick mot Nora men passerade det och fortsatte strandpromenaden bortåt. Jag gick nästan en halvtimme innan jag nådde en fin strand.
Och Irini. vem sa att hon bodde i Köping.
Var det Johan?

Var framme i `Nea Chora,` en liten badstrand med en liten fiskehamn i anslutning. Här hade det gjorts om sen jag var här sist. En fantastisk fin gågata som ledde ner till stranden. Solstolar med parasoll var uppställda över hela stranden. Mitt emot fanns fler butiker och restauranger. Havet var lugnt och en del fiskebåtar la till i båthamnen en bit bort. En idyll som nästan inte kändes som verklig. En pir var plats för några restaurangers bord. Inte många där denna tid. Nedanför piren var försäljningen av färsk fisk i full gång. Jag gick en bit på strandpromenaden tills jag hittade en bänk att sätta mig på. Lade upp dokumenten och började läsa.
Återgick till mina dokument och undrade vad Manolis menade med att Irinis mor blivit mördad nyligen. Tänkte på min moster Eloni. Men hon hade aldrig nämnt att hon hade en dotter. Det måste jag ta med min mor. När nu det skulle det bli, tänkte jag.
Tänkte på Alma.
När hade jag pratat med henne? Igår?. Kom inte ihåg. Kände mig snurrig i huvudet. Solen sken nu

från klar himmel, kändes som en riktig semester-
dag på Kreta.
Slog en signal till Alma.
" Alma, hej hjärtat, hur mår du?"
" Hej Alex, jag mår fint, undrade just vart du tagit
vägen, mår du bra?"
" Håller på med källaren så jag glömmer tid och
rum."
" Hur går det då, men först: hur mår Matheus och
Irma?
" De mår alldeles utmärkt. De frågar efter dig och
längtar naturligtvis. Det verkar som att du skulle
varit borta länge, men de är ju inte vana. Vi är
tillsammans jämt. Jag föreslår att vi Skypar ikväll
igen. Går det bra?"
" Ja det blir jättebra. Vi gör så, Alma och så
pratar vi senare ikväll när jag är på rummet. Har
en del småsaker att berätta."
Vi stängde ner konversationen.
Det plingade till i telefonen.
Ett mail från Krim-Per.

/Claes hus är uthyrt och familjen är försvunnen.
Kan inte nå Claes. Jag förmodar att de tagit sig
utomlands. Vill att du ska veta att vi söker honom
och vi vet fortfarande inte vad som orsakade hans
engagemang i avlyssnings frågan.
Hör av mig.
/ Per

Kan inte riktigt förstå vad som är på gång. Vad har Claes (och Berit) med detta att göra. Kunde inte tänka klart. Inte förstå. Hur kunde de vara så naturliga när de hade så mycket att dölja?

Stängde mobilen, packade ihop och. Gick sakta tillbaka till Nora och njöt av den sköna promenaden från Nea Chora. Det var mycket greker efter vägen eftersom det låg en simhall i anslutning till havet. Många barn som tränade simning och förmodligen polo, som är en populär sport i Grekland. Väl framme vid hotellet fick jag se min Manolis. Inte ensam, utan i sällskap av min mor, igen, de hade ju ingen aning om att jag bodde på Nora.

Jag vet inte vad som föll mig in men jag gömde mig igen bakom en husknut och följde dem med blicken. Vad är detta för spel? Vad spelar min mor för roll i allt detta? Varför träffas de i hemlighet?

Jag stod kvar en stund tills de var ur sikte innan jag gick upp till mitt rum. Öppnade fönstret och satte mig vid bordet. Funderade: varför följde jag inte efter dem?

Tog fram alla dokumenten som Manolis hade gett mig och gick igenom den del som han översatt till engelska. Enligt honom var det allt jag behövde veta.

Det stod adressen till gården och Irini´s namn. Det stod värdet på ägorna samt hur stor del jag skulle ha. Och det var ju då hälften eftersom jag skulle dela den med min syster jag inte visste hade funnits och som dessutom inte var i livet. Hade hon varit gift? Hade hon några barn?

Jag tittade på klockan och den hade passerat tiden för att besöka banken. Det får vänta till morgondagen.

Jag slog en signal till Johan.

"   Hej Johan. vill du hänga med på en kaffe? Jag går till Röda cykeln. Om du har tid så är jag där."

Hade just pratat med en telefonsvarare.

Jag la mig en stund på sängen och somnade.

Vaknade av mobilen:

"   Ja. Alex."

"   Hej, Johan här, är du kvar på fiket?"

"   Nej, ha ha ha, har inte ens gått dit. La mig en stund på sängen och somnade."

"   Men då ses vi om en stund då på fika."

"   Javisst, jag fixar iordning mig och kommer."

Jag tvättade av mig lite hastigt, klädde mig och var snart iväg.

Det var ju så härligt väder. Solen sken, inte för varmt och inte mycket turister denna tid. Som en bra svensk sommardag och det vara bara april.

Jag gick med raska steg och var snart framme vid ´Röda Cykeln.

Mycket folk var det och jag hittade Johan ganska snabbt, sittande i en av sofforna. Jag slog mig ner mittemot.

"   Tjena, har du ledigt?"

"   Ja, jag börjar imorgon bitti."

Servitrisen kom och jag beställde en grekisk kaffe och lite glass.

"   Johan, vet du någon som kan översätta grekiska dokument till svenska, på nolltid."
" Ha ha, på nolltid också, ha ha. Vi har ju en på kontoret som jag kan fråga. Är det pappers-dokument?"
" Ja, om de hade varit data-dokument har jag kunnat översätta själv på Google, men nu?"
" Ok, vi anlitar en för större jobb, jag kan fråga honom imorgon bitti."
"   Ok tack. Har du något nytt om Tomas Bergström?"
" In fact, I have. Han har tagit in på ett annat hotell. Det finns ju några stycken hotell, men där han bor har vi en gäst som blivit felbokad på mitt hotell i Platanias Vilket samman-träffande. Hon hade träffat denne Tomas och de hade ätit frukost ihop. Han hade sagt till henne att han var här i affärer."
" Jaha, Men kan jag då få hotellets namn så jag kan gå dit och se om jag kan prata med honom."
" Ja det ska väl gå bra."
Vi pratade lite allmänt om oss själva och livet i allmänhet. Vi blev sittande ganska länge.
Johan skulle träffa en tjej så han gick och jag stannade en stund till och betalade kaffet och glassen. Funderade på vem Tomas kunde vara. Och min mor som jag sett idag med advokat Manolis.
Jag tog en omväg till hotellet och köpte en ´gyro`på vägen. Ikväll skulle jag Skypa och prata

med Alma och barnen. Köpte några öl och lite nötter på vägen.

Jag tycker att jag äter hela dagarna. Frukost går över i lunch som blir fika och sen är det dags för kvällsmål. Låter lite tradigt men så är det. Men sittningarna på varje ställe blir några timmar. Måste kanske ta en promenad om dagen och ett dopp i havet skulle inte skada. Denna dag medförde inte något och jag fick ställa in mig på morgondagen.

Gick i ganska rask takt till Nora. Upp på rummet och tog en dusch. Satt på mig träningsbyxor och en tröja, grabbade en öl och kameran och gick ut på balkongen för att titta på solnedgången. Det var så vackert. Solen var på väg ner i havet och gav ett ljus som är svårt att uppbringa. Tog en hel del foton, drack ur min öl, drog mig tillbaka till rummet. Satte mig i fåtöljen och kopplade upp mig på nätet. Dagen hade gått över till kväll och solen försvann helt i havsbandet.

Det tog en stund innan jag fick igång Skype. Lite dåligt med Internet men det funkar något så när. Ringde och Alma svarade på en gång.

"   Satt ni vid datorn och väntade." frågade jag

"   Ja," skrek Matheus och Irma samtidigt.

"   hej pappa, var är du?"

"   På hotellrummet, vill ni se. Jag gick runt lite och visade hur det såg ut, gick ut i hallen och ut på balkongen. Det var lite skymning men jag visade gatan nedanför med alla restauranger osv.

"   Pappa, dit vill jag komma, det ser fint ut. Det ser ut som det är sommar."
"   Ja Matheus, det är nästan som sommar nu. Men solen går ner tidigare här än hemma. Hur har ni det? I skolan?"
" Det är kul, Jag saknar Oscar lite men jag har en annan kompis nu. En kille som flyttat in i Oscars hus."
"   Jaha, och vad heter han då?"
"   Han heter Sebastian och är från Frankrike. Han pratar lite konstig svenska men han är jättesnäll. Han lär mig lite av sitt språk. Han har en syster som heter Viktoria och så har de en babybror som heter Claudio som är bara 4 månader. Vi har varit hemma hos dom.
" Pappa, jag leker med Viktoria på förskolan, och Linnea. Vi har jättekul."
Hon och Sebastian har varit hemma hos oss och lekt. När kommer du hem?
"   Jag kommer snart hem, kanske redan denna vecka. Vi får se. Kan jag prata med mamma nu."
" hejdå, pappa, vi går upp och leker."
Puss puss, sa de och gav mig slängkyssar med händerna. Oj vad jag saknar dom.
" Alex, de mår jättebra och de trivs med sina nya kompisar. Och vet du dom tycker det är jättekul att sova hos mormor. Det betyder ju att du och jag kan gå ut nån kväll och de kan sova där. Bra va?"
"   Perfekt, hur är det med dig då, saknar du inte mig, hm."

" 	Jo verkligen Alex, det är faktiskt lite konstigt denna situation. Våra nya grannar, som sagt. De heter Pierre och Isabella. I våran ålder ungefär. Pierre är lärare i franska på universitetet. Isabella, hör och häpna, hon är massör och har redan bokat en lokal hos mig. Det är för bra för att vara sant. Jag har nästan fullt i källar-lokalen. Jag och barnen var hemma hos dem en kväll."
" 	När flyttade de in, det är ju bara 2 dgr sen jag for iväg."
" 	Alex, de måste ha hyrt det i ett lite tidigare skede. Alla möbler är kvar. De kom redan Igår. Enligt mig måste det varit uppgjort på ett tidigare stadium. De hade en akut bostadssituation påstod dom. Men förskoleplats var ordnad, vilket betyder att det är något speciellt med dom.
Vi var i parken en stund på igår eftermiddag och de kom dit med barnen, sen gick vi hem till dom en stund. De visste inte exakt hur värmesystemet funkar så de behövde lite hjälp. Vi pratade lite om dig och vad jag jobbade med. Det var där och då som hon anmälde sitt intresse för lokal. Här går det undan, må du tro."
" 	jaha okey, man är ju lite misstänksam efter det som hänt. 	Jag har träffat Manolis och fått dokumenten. Frågat Johan, reseledaren om han vet någon som kan översätta snabbt. Får svar imorgon. Sen har jag sett Manolis två gånger tillsammans med våran mor. Jag gömde mig men ska konfrontera Manolis imorgon. Min mor träffade jag som hastigast som du hörde, men sen är det

tyst från henne. Imorgon ska jag till banken och sen ska jag se om jag kan hitta Tomas Bergström som sägs vara kusin med Irini. Det blir lite att stå i imorgon. Känns bra att det börjar röra på sig."

" Alex, krim-Per ringde till mig och sa att Sofia Bergström inte var en kvinna. Hen var en transvestit. Alltså, jag skulle kunna slå vad om att hen var en kvinna."

" Men Alma, det är ju samma namn som den Tomas jag söker. Heter också Bergström. Hallå Alma, hör du mig. Vad kan det betyda.

" Alex, sluta nu. Jag kan inte tänka. Vi lämnar det en stund och koncentrerar oss på Claes. Han har varit här en gång till. Han letade efter något i rabatten igen. Idag på morgonen gick jag runt huset på utsidan och letade i rabatten. Så jag letade också, ha ha ha. Till slut hittade jag ett ID-kort. Det var Claes på fotot och det stod Claes Bergström. Har du glömt att de heter så."

" Ja just det, nu när du säger det. Men vad har de tre (eller två) med varandra att göra runt oss. Är de släkt med varandra. Eller är Claes inte Claes, om du förstår vad jag menar. Han kanske heter något helt annat. Ska googla lite på det ikväll. Som sagt imorgon ska jag gå till hotellet där Tomas bor, redan till frukost och se vem den där Tomas Bergström är så får vi se. Tar det först och sen banken. Hoppas att han inte fått kalla fötter och lämnat. Jag tror nämligen att Johan, reseledaren, döljer något.
Ska vi lägga ner Skype."

"   Ja Alex, det gör vi. Vi ska duscha och sen går vi till mor och sover. Kram och sköt om dig. Puss o kram"

" Puss o kram , hälsa svärmor."

Vi stängde ner och jag kände verkligen hur mycket jag saknade min familj. Vi hade pratat i drygt en timme. Jag la datorn på laddning och bytte om och gick faktiskt o la mig. Hade en bok med mig som jag måste ägna mig åt för att koppla bort allt annat. En berättelse om Kreta med lite vardagsliv. Hade lånat den på biblioteket. Om det nu gick att koncentrera sig.

Jag läste kanske ett kapitel sen tog jag min dator och började leta efter Claes Bergström istället.

Tiden rann iväg och jag hade inte kommit speciellt långt i mitt sökande så jag stängde ner, satte på web-TV och slö-tittade lite på nyheterna. Kom till ro men sov oroligt.

Onsdag

Vaknade ganska sent. Kände mig relativt utvilad. Hade haft svårt att somna igår. Gjorde mig iordning och plockade ihop alla dokument. Det enda jag måste göra idag var att gå till banken samt att ringa till Johan om översättare. Men först skulle jag till hotellet där Tomas Bergström bodde. Okey, ta det lugnt intalade jag mig själv. Tittade på klockan. Så brukar jag göra, stannar upp, benar ut det jag ska göra. Så först är det frukost.
Jag gick ner på samma café som igår. Intog min frukost i lugn och ro. Tittade på folk som gick förbi, butiker som öppnades. Bredvid mig satt några turister förmodligen från något östland, kanske polacker.
De pratade ivrigt med varandra samtidigt som de bläddrade i en folder om Chania. Jag delade upp mina görande som följande. Skulle ta en promenad till hotellet för att prata med Tomas. Det låg en bit bort men det var skönt väder så det blir bra. Efter det går jag till banken. Sen ska jag ringa Manolis hela dagen för att få ta del av vad han har för deal med min mamma.
Jag betalade och tog min väska och gick inåt stan. Hotellet som Tomas bodde på låg liksom på andra sidan stan. Bortom stadsparken.

En skuggig park som har rustats upp och innehåller Café, lekplatser samt flera sittplatser fördelade i parken. Mycket fin park för en stunds vila eller lek.

Stadsparken var ett verk av Pasha, som ritade och även övervakade bildandet av det första allmännyttiga projektet i stan 1870.

Butikerna runt om hade slagit upp sina dörrar. Grekerna fyllde cafeterierna.

Undrade om de aldrig drack kaffe hemma på morgonen. Jakaranda träden blommade med sina lila blommor på bar kvist. De bildade en alle´ efter gatorna inne i stan. Så fantastiskt vackra träd, som jag naturligtvis fotade ur alla vinklar.

I en halvtimme hade jag gått i rask takt och hotellet låg ca 100 meter framför mig.

Hotell `Doma`. Såg trevligt ut. Ett gammalt hotell som fått sig en renässans. Ett renoverat neoklassiskt hotell, f.d Österrikist-ungerskt konsulat vid havet. Unikt arv i unik stil.

Gick upp för trappan och kom in i en foajé som var fantastiskt vackert inredd. Hur beskriver man detta. Som en stor hall med klädhängare till höger, receptionen rakt fram, härliga stora fåtöljer stod överallt med side bord. Alla fåtöljer hade olika nyanser i blått som ett moln som ändras lite i färgen.

Jag hade ringt till Johan som skulle möta upp i foajén. Ibland behövs det. Hotellet är inte villiga att lämna ut uppgifter om personer som bor. Johan stod vid receptionen.

" Kalimera (godmorgon)."

" Kalimera, Johan, har du väntat länge."

" Nej, kom för en stund sedan, men måste berätta att vår käre Tomas har checkat ut imorse vid 6-tiden. Han har bokat en vecka men lämnade idag. Så, nu vet vi ju inte riktigt var han kan vara. Han är inte på vårt ansvar längre, liksom."

" Okey, det var ju otur. Det finns ju inte en chans att man ska få tag i den personen."

"   Men, han träffade en kvinna här som han åt frukost tillsammans med och dessutom middag igår kväll. Henne som vi bokade in pga. felbokning på vårt andra hotell. Hon kommer ner om en stund, så då kan vi prata med henne. Ska vi ta en kaffe?"

Det blev en kaffe i deras minibar, väldigt trevlig. Vi slog oss ner i varsin fåtölj och väntade.

Det kom en kvinna från hissen och Johan gick henne till mötes.

De kom och slog sig ner där vi intagit kaffe. Hon presenterade sig som Viola. En kvinna i kanske 40-årsåldern. Lite kraftigt byggd och längre än mig. Pagefrisyr, blekt, lite vintage inspirerad klädsel. Hon beställde en kaffe.

"   Godmorgon gentlemen. Ni ville fråga mig om Tomas Bergström, varsågoda."

Hon lutade sig tillbaka i fåtöljen och sörplade på kaffet.   Jag inledde frågestunden.

"   Tomas Bergström hade bokat rum här och ni har träffats, stämmer det?"

"   Ja det stämmer, vi åt frukost igår morse."

"   Nämnde han något om Irini Bofakis."

"   Nu förstår jag. Han, jag tar det från början. Vi träffades igår till frukost när han slog sig ner vid mitt bord eftersom det var fullt vid övriga bord. Han var en mycket trevlig man. Vi började prata och kom på att vi hade gemensamma bekanta. Vi hade båda två ett förflutet i Arboga, av alla ställen. Det är ju ingen storstad precis. Så först började vi nysta i det och tiden gick. Han nämnde ingen Irini.

"   Dessutom dinerade vi ihop igår kväll och fortsatte att prata.   Men nu undrar jag varför ni frågar mig, han skulle ju stanna en vecka här sa han."

"   Han har checkat ut imorse vid 6-tiden."

"   Men, det låter synnerligen konstigt, han hade en del han skulle uträtta här i Chania men han nämnde Bofakis, men inte Irini, som han träffat i Köping och att han skulle träffa henne. Hon hade, om jag förstod rätt, fått ärva en gård här på Kreta efter en släkting, en farbror tror jag."

"   Men han sa inget mer om Bofakis?"

"   Nej, inte vad jag kommer ihåg nu, men ge mig ert mobil-nummer om jag kan komma på något av värde. Han har nämligen sagt att vi ska träffas igen och han har fått mitt mobilnummer."

"   Okey, tack så mycket. Jag måste avvika nu för jag har ett möte, tack så mycket för att du ville ställa upp. Hör av dig om du kommer på nåt mer, "sa Johan.

Vi tog i hand och jag gick tillsammans med Johan som skulle till sitt hotell. Han körde iväg med motorcykeln och jag gick tillbaka till foajén, fann Viola där vi lämnat henne och gick fram och frågade om jag fick slå mig ner.

" Ja visst," sa hon.

Vi pratade om Chania som hon besökt ett antal gånger och hon kände sig ganska hemma här.

"   Men Alex, jag tror att Tomas sa något om att han skulle träffa någon idag, men minns inte om han sa något namn, ja ja, jag kanske minns senare. Ska vi göra sällskap ner till stan?"

Det tyckte jag var en bra idé. Viola gick upp till sitt rum och inom tjugo minuter hade vi lämnat hotellet.

Vi pratade nästan hela vägen till banken om allt mellan himmel och jord. Som att vi känt varandra i åratal. Vi skildes åt vid Grekiska nationalbanken. Jag blev stående en stund och funderade mycket över detta med Irini, min syster.

Min far hade ju två bröder men varför skulle just vi dela på en gård. En av bröderna, Manolis, var ju i maskopi med min svartsjuka far och hjälpte honom att skydda den misshandel han utsatt min mor för.

Carlos var den andre brodern.

Och sen det där med Bergström. Claes, Sofia och Tomas. Vadan detta? Var de släkt eller?

Måste googla igen lite ikväll och se om jag kunde få fram något.

Mycket folk utanför och jag letade mig fram till ingången. Komplicerat. Tryckte på en knapp på dörren till banken och hamnade i en liten sluss som en person fick plats i. Ytterdörren stängdes och jag såg en grön lampa lysa och en röst som sa att jag skulle trycka på den gröna knappen och sen var det bara att gå in i banklokalen.

Längst in i lokalen såg jag en skylt där det stod : Plirofories/information.

Jag gick dit och ställde mig i kö.

Gick snabbt att komma fram. Presenterade mitt ärende och kvinnan bakom disken sa på knagglig engelska att jag skulle gå en trappa upp till den informationen.

Gjorde så och där var ingen kö. Presenterade igen mitt ärende och sen fick jag slå mig ner och vänta. Ingen kö men ändå väntetid. Förmodligen bokade tider.

Efter ca 30 min. kom en man emot mig, som såg ut som en bankman i reklamen för banker, och bad mig att följa med in på ett kontor.

Han presenterade sig som Stelios Nigadis och bad mig slå mig ner. Jag tog fram mina dokument och lade på bordet.

Han, Stelios Nigadis, pratade perfekt engelska.

Han bad mig ge honom några minuter för att titta igenom dokumenten lite. Han gick iväg en stund och kom tillbaka med ytterligare dokument. Han tog till orda på engelska

"   Mr. Bofakis. Dessa dokument som jag har fått av min klient verifierar att ni ska ärva en gård av er farbror: Carlos Bofakis."

Carlos lät ju inte grekiskt….herr Nigadis fortsatte:

"	Men i detta dokument så framgår det att er syster Irini Bofakis ska ärva det tillsammans med er och då undrar jag var finns er syster?"
Oj Oj det här kommer inte att bli lätt. Jag tog ett djupt andetag och förklarade:
"	Min syster är död sen ett par dagar tillbaka.
"	Men det framgår inte i mina dokument"
"	Nej det är sant. Hon dog i en hjärtattack på flygplanet ner till Kreta. Så jag måste nu se till att få det bekräftat och återkomma till er igen. Men kan jag få veta lite om denna gård?
" Ja det är en gård i Livadia, på sydvästra Kreta. Det består av ett boningshus på drygt 150 kvm samt ett stall där man tidigare hade får. Ca 200 olivträd fördelat på 1 hektar. Ett litet stenhus samt en pool som är dåligt eftersatt. Boningshuset är beboeligt och väl underhållet. Det bodde en kvinna där tills för 6 månader sedan. Hon flyttade visst till Sverige. Hon bodde i det stora huset och skötte om huvudbyggnaden mot att hon inte betalade någon hyra. Din farbror som ägde huset bodde mest i sin lägenhet i Aten. Den lägenheten har en släkting tagit över. Har inga uppgifter på det men tror att det är hans dotter. Stenhuset verkar stå obebott. Har ingen information om det.
Du måste ta fram bevis på att Irini Bofakis är död och om hon har några barn som då kan bli aktuella för arvet. Så ses vi, Tag mitt kort och ring mig senare för att boka tid. Tack för idag och ha en trevlig dag."

" Tack detsamma. jag hör av mig så snart jag har ordnat detta."

Mycket tillmötesgående Stelios. Ska ringa ikväll och berätta för Alma om huset osv.

Nu var jag hungrig, gick in på Saluhallen och slog mig ner på en liten krog med några få bord och färdiglagad mat. Beställde fisksoppa och lite bröd. Vinet fick vara, tog in en vatten.

Dokument tillsammans med alla funderingar runt detta arv stängde jag in i väskan. Nu skulle jag koncentrera mig på min mat och koppla av totalt en stund.

Brödet serverades och jag högg in direkt. Färskt grekiskt vitt bröd är underbart gott. Hällde lite olivolja på min tallrik, med lite salt och doppade brödet. Jag var verkligen hungrig. Vände blicken upp från brödet och såg att den lilla krogen var full. Det var lunchtid De som serverade var nog familjen som hade matstället. 3 generationer om jag förstod det hela rätt. Inte många av det slaget i Saluhallen. Förr var hela hallen upptagen av matställen i olika former. Många familje-ägda små matställen bland kött och fiskhandlarna. Numer har det blivit fler och fler Turistbutiker.

Soppan serverades och den var underbart god.

Jag åt ganska snabbt och ringde sedan till Manolis. Hans sekreterare svarade och förklarade att han skulle komma imorgon bitti.

Vad i allsin dagar skulle jag göra. Det stod bara still. Jag gick en promenad för att rensa mina tankar och styrde kosan till Remezzo i hamnen.

Slog mig ner och beställde en cappucino. Lutade mig tillbaka i stolen och iakttog folket omkring mig. Det var relativt mycket folk och det var härligt väder med sol och lagom temperatur. Få turister och mest greker.

Satt i mina egna tankar en lång stund då det kom fram en man till mitt bord.

Han tittade på mig med skarpa ögon och jag tyckte jag kände igen honom men varifrån kom jag inte ihåg.

"   Alex Bofakis?"

"   Ja, det stämmer."

"   Jag heter Tomas Bergström, jag tror vi sågs som hastigast på flyget."

Jag hasade mig upp i stolen till ett mer sittande läge och studerade mannen framför mig.

" Men slå dig ner," sa jag.

Han satte sig mittemot mig.

"   Vill du ha en kaffe?"

"   ja tack , sa Tomas. Beställde och frågade hur han visste vem jag var.

Tomas förklarade:

"   Jag och Johan gick förbi här utanför och han såg dig, så han frågade om jag ville prata med dig. Ni kom ju förbi hotellet Doma för att prata med mig men jag hade redan lämnat. Han själv kunde inte för han var på väg till ett möte. Så då bestämde jag mig för att störa dig. Är det okey?

"   Ja ja, visst, svarade jag, fortfarande lite halvt frånvarande. Tomas började berätta:

" Jag känner, kände, din syster Irini Bofakis. Jag
är verkligen ledsen för det som hänt. Vi var inte ett
par men vi var vänner genom gemensamma
bekanta i Köping. Jag hörde att du bor i Arboga."
" Ja det stämmer, närmare bestämt i Medåker.
Undrar just över att jag inte kan hitta Irini Bofakis
när jag letade på Google."
" Hon bodde inneboende hos mig och var inte
registrerad i Sverige. Hon hade kommit till Sverige
när hennes mor dog och sen blev hon kvar för
sina studier men visste inte om hon skulle stanna.
Hon bodde egentligen i Köpenhamn."
" Hennes mor?? Vad hette hon?"
" Eloni tror jag..."
" Men det är ju min moster.
Jag funderade hit och dit medan Tomas drack sitt
kaffe och tände en cigarett. Förmodligen så ville
min mor inte att Andreas, min far skulle veta att
Irini var Seidas dotter så därför fick hon bli Elonís
dotter. Spekulationer. Vem var kvinnan som bott i
stora huset i Livadia då och åkt till Sverige för 6
mån. sedan. Var det Eloni??? eller Irini eller nån
annan kvinna. Trodde jag skulle bli tokig, men det
skulle väl lösa sig. Återgick till samtalet.
" Alltså det betyder att min moster hade en
dotter?”
" Jasså, jaha, det är mer än jag vet, jag kan ju
inte säga att jag kände Irini. Hon fick bo hos mig
genom min syster Sofia Bergström,
" Va?. Sofia Bergström var din syster?

"   Ja, men tyvärr tog hon livet av sig för ett tag
sen.
Ännu ett frågetecken. Det börjar bli lite mycket
sammanträffanden.
"   Men, du Tomas, hur väl kände du din syster
Sofia?"
"   Tja, inte så väl, vi hade växt ifrån varandra
redan i tonåren.Vi träffades inte så ofta men hon
ringde till mig eftersom hon visste att jag hade en
stor lägenhet. Jag hade inget emot att ha en
inneboende ett tag, men sen dog hon och då ville
inte Irini bo kvar. Hennes mor, Eloni; hade dött så
hon hade inga anknytningar till Sverige. Irini ville
åka tillbaka till Grekland. Då tänkte jag att jag
skulle följa med, om hon ville. Det var okey tyckte
hon och hon bokade biljetter. Men jag är ju lite
oberäknelig och hittade en resa för 500kr, så då
drog jag. Meddelade henne. Det var ju liksom
bara några veckor innan. Fel eller rätt? Och sen
bokade jag in mig på hotellet som ni kom till
imorse. Skulle stanna tills hon kom. Men sen
hände det sig att Johan kom med en kvinna från
sitt hotell och bokade in henne. Jag träffade henne
till frukost och vi pratade lite och vi träffades   till
middagen. Alltid trevligare med sällskap. Jag gick
sen upp på rummet och ringde till Irini, vilket jag
gjort tidigare men ej fått svar. Nu svarade en man
på engelska och jag var nära att lägga på men
sansade mig. Jag frågade efter Irini och han
frågade först vem jag var och när han fick det
förklarat för sig så berättade han att hon hade dött

på planet av en hjärtattack. Jag fick ju en chock. La mig ner på sängen en stund och kunde inte förstå det. Hon var ju en aktiv tjej i sin bästa ålder. Hur kunde det hända. Där och då bestämde jag mig för att checka ut nästa morgon. Packade ner mina kläder och tog en dusch och lade mig på sängen och somnade direkt. Klockan var bara nio på kvällen.

Checkade ut vid 6-tiden imorse och tog in på ett annat hotell i Nea Chora.

" Men hur träffade du Johan?

" Ja, honom träffade jag först på hotellet när han kom med Viola. Idag sågs vi av en händelse på Lädergatan och promenerade hit ner då han fick syn på dig och visade vem du är. Viola var med. Han hade inte tid att ta en fika. Så jag beslutade mig för att prata med dig och han gick till mötet. Viola sa att hon hade lite ärenden att uträtta så hon gick vidare. Vad ska du göra idag?"

" Ingenting. Ska bara vara och promenera runt och fundera över Irini, hennes mor och Sofia. Det blir mycket att fundera över."

Jag tyckte vi kunde ses i morgon på frukost vid Nora. Han gillade idén. Jag kom just på att:

" Men ursäkta, nämnde du att du har en kusin i Medåker som försvunnit. Vem är det?"

" Han heter Claes och bodde i Medåker."

Jag trodde att jag skulle trilla av stolen.

" Alex, du ser blek ut, mår du bra?"

"   Ja ja, bara lite chockad. Menar du Claes Bergström? Var nämligen min närmaste granne i Medåker. Vi umgicks en hel del.

"   Va, är det sant? Vet du var han finns då?"

"   Nej, jag letar efter honom av olika anledningar." Men Tomas, jag måste smälta detta, vi ses imorgon. Är det okey. "

Vi bytte mobil.nummer och Tomas reste sig och gick mot Nea Chora. Jag stannade en stund till. Tänkte på hur länge jag skulle ljuga. Irini var ju inte dotter till Eloni. Men det trodde Tomas. Jag måste låta det vila vid det.

Satt kvar nästan en timme och bara funderade hit och dit. Bergström. Varför hade jag hamnat i deras väg. Vilka är dom och hur kommer det sig att alla verkar släkt med alla i vår omgivning. Undrade hur jag skulle nysta upp härvan och om det över huvudtaget gick. Någonstans måste det finnas en förklaring. Bergström?

Bestämde mig för att gå hemåt. Betalade och drog mig sakta längs kajen. Försökte tömma huvudet på alla tankar och det lyckades väl ganska bra förutom mamma som dök upp mest hela

tiden. Tillbringade resten av dagen till att inhandla presenter till familjen. Hade varit väldigt jobbig dag tyckte jag så jag hade gått till hotellet och lämnat alla dokument och presenter och gått nere på lokalkrogen och ätit lite. Pratat med Alma om vad som hänt under dagen. Hon tyckte det lät komplicerat och tröttsamt.

Hon berättade att de mådde bra. De sov fortfarande hos hennes mamma och på dagarna gjorde hon iordning källaren. Alla rum var uthyrda 6 månader framöver minst. Snickare kom och gick, och hon handlade mycket av inredningen på second hand.

Kul att höra att det gick framåt för här vet jag inte när mitt ärende skulle avslutas. Verkar lite krångligt.

Slut på denna dag och jag gick till sängs.

Mer kunde jag ej minnas.

Torsdag

Hade sovit dåligt och kände mig trött när jag till slut vaknade. Jag slog en signal till Manolis, men han hade inte anlänt till kontoret ännu.

Mobilen ringde.

"   God morgon, Tomas här, väckte jag dig."

"   Nja, jag har i alla fall stigit ur sängen.

"Lämnade sängen och gjorde mig iordning, gick till mitt lilla stamställe och beställde frukost. Nu behövde jag inte specificera exakt, de visste hur jag ville ha det. Härlig känsla. Satte mig och fick se Tomas komma gående. Vi hade bestämt träff. Jag ropade på honom. Han beställde en frukost och vi började bekanta oss med varandra.

"   Vad har du för status."

"   Jag är data konsult, just nu fast anställd på ett stort företag, och du."

"   Ja, jag är journalist och fotograf. Just nu frilansar jag i båda kategorier. Jag är gift och har två barn."

"   Jaha, jag har två döttrar men är skild. Bor i Köping som jag sa igår."

"   Det som jag funderar över är min moster Eloni. Som var tillsammans med min farbror.   Gifta?

Och när hände det. Jag trodde hon bodde i Sverige nånstans.

"   Har Irini möjligtvis berättat någonting för dig, Tomas."

"   Nja, inte så mycket. Hon nämnde lite om att hennes moster, var utsatt för misshandel men inte av vem. Var det din mamma som blev misshandlad?"

"   Ja det var det."

Nu förstod jag att ingen hade vetat att Irini var min syster. Allra minst jag. Kunde också förstå varför. Det var för att skydda oss.

"   Jag beklagar verkligen. Men hon sa ingenting om sin mor mer än att hon hade försökt hjälpa sin syster men hade då blivit hotad. Så Irini höll sig undan. Men det var allt. Hon bodde hos mig en månad bara innan hon hittade en flight. Så du förstår ju att jag inte kände henne."

"   Okey, jag får försöka att forska i det senare. Men ni hade ju bokat tillsammans."

"   Ja men vi skulle inte bo tillsammans. Och sen hittade ju jag en resa som jag tog istället och kom ner ett par dagar tidigare. Bokade in mig direkt på det hotellet som hade bra pris."

"   Men sen sa du något igår om din kusin / arbetskamrat som försvunnit, Claes Bergström."

"   Nej det tror jag väl inte. Han kom inte till jobbet en dag. Han lämnade ett brev på sitt databord som förklarade att han måste vara borta ett tag. Bad att få ta det som semester och skulle höra av sig inom 3 veckor.."

"   Var inte det lite besynnerligt."

"   Jo hela familjen. En gemensam arbetskamrat till oss åkte till hans adress för att se att inget annat hänt. Det lät ju lite underligt. Men hela familjen var borta. Alla möbler stod kvar. De hade tagit med sig sina personliga ägodelar.

"   Det är ju Claes du pratar om. Som jag sa igår är vi goda vänner och har umgåtts i princip sen vi flyttade till Medåker."

Vi satt tysta ett tag och åt vår frukost. Jag tror att vi var lite fundersamma angående det som händer runt om. Tänkte om jag skulle avslöja sanningen om min syster Irini, men jag kände att det var bättre om han inte visste. Jag litade inte på honom.Underlig känsla. Jag ställde frågan:

"   Vet du om din syster Sofia var en `hen`eller transvestit."

"   Nej, men jag har undrat ibland över hennes beteende, men vi umgicks inte så mycket så svårt att greppa om. Jag hade mina misstankar."

Det blev tyst igen och vi drack mera kaffe.

"   Irini berättade att hennes moster bodde mycket i Grekland. Men hon visste inte riktigt var. Hon sa inte så mycket mer än att den systern lämnat sin 5-årige son för en annan man. Hon tyckte det var konstigt samtidigt som hon förstod situationen. Det var dig hon lämnade alltså?

"   Jaha, det var faktiskt mig hon lämnade."

Tomas tittade på mig med öppen mun.

"   Min mor blev misshandlad av min far och hon träffade en man som kunde hjälpa henne att fly hemifrån. Tack vare honom lever hon idag. Jag har inte sett henne på 35 år."

" Oj, kära nån. Det måste varit svårt för dig."

" Ja, det kan man säga. Min far var heller inte så närvarande, letade ständigt efter min mor, så min farmor blev min livlina. Hon var härlig. Men nu måste jag tyvärr lämna för att försöka få tag i en advokat som jag sökt nu sen i söndags. Så om du ursäktar så kanske vi kan ses igen."

Vi skildes åt.

Jag gick bort en bit och slog en signal till Manolis och han svarade.

" Kalimera, sa jag, har väntat på att du ska höra av dig."

" Ja , sa Manolis, jag har varit väldigt upptagen, nu har jag lite nytt att berätta.

". Irini var ju ogift och hade inga barn. Det finns en annan som får dela arvet med dig och det är Viola.

Det blev tyst i den andra änden. Tog ett tag innan Manolis fortsatte:

" Detta förorsakar vissa åtgärder. Hon ärver ju gården tillsammans med dig och min uppgift nu är att ta reda på om det är någon annan som står efter henne i din farbrors testamente eller i arvsordningen. Så jag måste få lite tid på mig att kontakta din svenska advokat, Jacob Andersson. Kände mig något stressad över detta men inget jag kunde göra något åt."

" jaha, kan jag möjligtvis få veta var denna gård ligger så jag kan åka dit och titta. Är det någon som bor där?"

" Nej, vad jag vet så är det tomt och du kan nog åka dit och titta lite. Men du vet väl att din mor bor i lilla stenhuset? Och jag hör av mig om Irini snart."

" Nej, det visste jag inte. Då kommer jag träffa henne där."

Han gav mig adressen och samtalet avslutades. Jag gick inåt stan när mobilen ringde.

" Ja Johan, hur är läget."

" Jo det är bra, börjar komma igång lite mer med turister. Kan vi ses."

" javisst, när?"

" Lunchtid."

" Ja det är okey, var?"

" Kouzina EPE, du vet restaurangen på Skalidakis."

Han la på och jag fortsatte min promenad längs strandpromaden mot hamnen.

Undrade vad han ville som han inte kunde säga på mobilen. Såg inte riktigt var jag gick förrän jag höll på att snubbla på en person. Lyfte blicken och det var ju Viola, från hotellet där Tomas hade bott. Kom ju bara inte ihåg vad det hette.

" men hej, sa hon, hur går det, har du hittat Tomas?"

" Ja, vi sätter oss en stund på bänken där vid piren, om du har tid."

" Ja, det blir bra".

65

"   Viola , du vet ju att vi är släkt. Du är dotter till Carlos. Vi är kusiner och det visste inte jag. Visste du det?"

"   Ja, men jag fick inte säga något sa din mor. Din far var inte så bra, har jag hört."

"   Nej han var inte snäll mot min mor. Men nu är det så att vi ska ärva husen   tillsammans. Vi måste prata med Manolis och banken.

Vi pratade om lite av varje innan vi kom till det vi hade gemensamt, Tomas Bergström. Viola hade träffat honom första gången på hotellet så hon kände honom inte speciellt men de skulle ses igen.

".   Viola, måste iväg, jag hör av mig."

Hon gav mig sitt mobil.nr och jag gick vidare.

Jag var nästan lite försenad när jag kom till restaurangen, men Johan var inte där.

Tittade mig omkring ordentligt och gick ut för att vänta på honom.

Såg honom komma springande nerifrån hamnen.

"   Hej Alex, ursäkta men ibland så kommer det nåt i vägen.   Vi går in och beställer, jag är sååå hungrig."

Vi gick in och tittade i alla grytor och beställde. Vi letade upp ett bord på baksidan som var en liten utegård.   Det var ganska varmt idag så det blev bra. Vi slog oss ner.

"   Alex, jag ville träffa dig för jag har en sak med mig som Irini hade på sig. Jag vet inte men jag tror att du kanske ska ha den så jag har inte sagt

något till någon. Jag hittade den i hennes väska som jag inte får titta i hm, som lämnats på kontoret. Den ska överlämnas till familjen,"
Han trevade i sina byxfickor och drog fram den andra biten av smycket som jag hade sett på Sofia som hastigast.
En del av en triangel. Här kunde jag ju se något som liknade en bokstav. Men det kunde ju vara något annat. Det fick vila vid det och jag tänkte titta lite närmare på det senare under kvällen.
"   Otroligt, undrar nu var den tredje delen kan vara.
"   Är det något du känner igen?"
"   Ja, sa jag, har sett en del av denna triangel på en annan kvinna, mer vill jag inte säga. Tack så väldigt mycket för att du gav den till mig. Betyder mycket. Det fanns inget annat?"
"   Nej, lite kläder, en anteckningsbok och smink bl.a."
"   Tittade du i anteckningsboken."
"   Nej det tänkte jag inte på, äsch då, kanske kan finnas nåt där. Vet du, jag ska kolla om väskan står kvar på kontoret, kontaktar dig i så fall. Nu drar jag till jobbet, Alex så hörs vi senare.
"   Yes, det gör vi, jag åker upp till Sverige nästa söndag."
Johan hade kastat i sig maten för han skulle jobba. Jag satt kvar med kartan jag fått av Manolis och delen till smycket jag fått av Johan. Det måste vara en del av smycket som Sofia Bergström haft

på sig. Men jag visste inte vad det stått på Sofias smycke-del.

Ägnade mig åt kartan för att se var gården låg. Jag funderade på att åka dit imorgon. Vad jag kunde se så var det inte så långt bort från Chania, kanske en och en halvtimmes bilfärd sydväst.

Reste på mig och lämnade Kouzina EPE nöjd och belåten, som alltid.

Gick neråt hamnen och det var mycket folk idag. Inte mest turister utan många greker. Idag hade det varit marknad nära där jag bor och det drar folk till Chania, lite mer än vanligt. En hel gata nere vid havet var avstängd för marknaden som erbjöd allt från grönsaker, frukt, fisk, ost, örter, kryddor till kläder, verktyg. Riktig Bondemarknad. De höll på att plocka undan för dagen. En del greker kom just då för att få handla lite billigare.

Jag traskade genom stan och bestämde mig för att hyra en bil till morgondagen. Skulle åka tidigt så det var lika bra att ta den ikväll.

Satte mig ner på soffan framför Remezzo och tog upp kartan. Det låg fint, med havsutsikt. Boningshuset på 150 kvadratmeter var fantastiskt. Vilka möjligheter det finns. Jag vek ihop dokumenten för det fanns ju ingen anledning att ögna igenom dem. Imorgon sker den stora dagen. Var det ligger och hur det ser ut. Och sen vad Manolis skulle säga.

Tog en promenad upp bland biluthyrnings firmorna. Skrev ett kontrakt för imorgon och det gick bra att hämta den på morgonen. Perfekt.

Idag verkade det som tiden stod stilla. Slog mig ner på en annan soffa på 1866-torget och ringde till Alma. Denna park erbjöd gratis WIFI från kommunen.

Fick dock inget svar men lämnade ett meddelande på svararen.

Klockan var bara två. Kameran som alltid låg i ryggsäcken åkte fram och jag gick mot Gamla stan och tog massor av foton.

Jag var i min egen värld just nu och hörde knappt mobilen när den ringde.

" Hej Alex."

" hej Alma, min kära, hur mår du?"

" Jag mår bra och barnen och mamma också. Det har dock hänt nåt konstigt här."

" va, nåt allvarligt?"

" ja kan man kanske säga. Claes har hittats död i Spanien.

" Va, men hur vet du det?"

" Eftersom han var efterlyst i Europa så fick svenska polisen information om detta så Krim-Per ringde mig igår. Han bad att jag skulle berätta det för dig."

" Men hur dog han.

" Per tror att han blivit mördad men det har inte kommit sådana uppgifter än."

Jag blev stum, kunde inte säga någonting.

" hallå, Alex är du kvar."

" Javisst, men jag blev lite chockad. Blir faktiskt ledsen eftersom vi tillbringade så mycket tid ihop. Han ställde verkligen upp för mig. Jag önskade inte att han skulle dö utan jag trodde benhårt att han var pressad av någon att göra det han gjort. De var ju en hygglig familj. Undrar också hur Berit och barnen mår. De är väl knappast inblandade i detta."

"   Alex, vi kan inte göra något, jag blev också ledsen, men jag tänkte om jag skickar ett pm   till Berit.   Men kom på att hon har stängt av sina social nät."

" Ja, jag vet inte, men är det inte lite många döda runt oss tycker jag och jag kan inte förstå vad det är frågan om. Vad har allt detta med oss att göra. Vi bor i ett hus i Medåker och sen vi flyttade in så händer det saker vi inte kan förklara.
När jag kommer hem måste jag forska i vem som bott där tidigare. Finns det skelett inbyggt i väggen eller.?"

"   Nämen , Alex nu går du väl för långt."

"   Nej jag vet inte, det är för många samman-träffanden liksom. Tycker inte du det?"

"   Jo men det måste finnas en logisk förklaring. Förresten fick jag ett brev från Williams advokat och allt är klart med testamentet. Han har kallat mig, William och Jens till sitt kontor i Örebro. Men inte förrän du är hemma Alex, så det är lugnt. Men det ska bli spännande."

"   Ja verkligen, jag har hyrt bil och ska åka till huset imorgon. Fick kartan av Manolis. Det ser jag fram emot. Gården ligger en bit från havet men utsikt över Lybiska havet. Ska fota och skicka, så du får se."

"   Alex, jag måste hämta Irma men vi kan väl höras ikväll om du vill. Puss o kram"
"   Puss, ja vi höres senare ."

Jag slog en signal till Viola och vi bestämde att vi skulle ses om en timme för en bit mat. Vi skulle träffas i Nea Chora, hos Manos. En fiskrestaurang i min smak, den bättre på piren vid hamnen.
Jag tog en avstickare till NORA, tog en snabbdusch, satte klockan på en timme och la mig på sängen. Hann jag träffa kudden innan jag somnade, det minns jag inte.
Väcknings signalen tjatade mer än 10 ggr innan jag förstod vad det var för ljud.
Hasade mig ur sängen, ännu tröttare än innan och stängde av larmet. Jag brukar lägga mobilen en bit från sängen annars är risken stor att jag stänger av den i sömnen. Måste gå upp.
Klädde mig i mina bästa beiga linnebyxor och en randig skjorta med inslag av beige.
Herregud, som att jag hade en dejt.
Tänkte för mig själv: Alma, min Alma.
Jag anlände till restaurangen, beställde ett glas vin o lite bröd i väntan på Viola.
Iakttog badgästerna som tog ett kvällsdopp och på andra sidan satt fiskmännen i sina båtar och rensade näten inför nattens fisketur.
Drack mitt vin och åt av brödet men ingen Viola kom, hade suttit nära en timme. Slog en signal men fick inget svar. Jag beställde lite färsk fisk,

närmare bestämt grillade sardeller och en grönsallad o lite Tarama sallad. (romsallad)
Tog in en kanna vatten och fortsatte att vänta.
Åt upp och ringde igen men inget svar. Det hade nu gått 2 timmar så jag betalade och gick. Det blev ju liksom att jag rörde mig i samma område i Chania hela tiden. Därför tog jag en annan väg mot stan och hamnade på Kissamos gatan, varvid jag fortsatte in mot centrum. Det var mycket folk ute. Den gatan är infarten till Chania för alla fordon. Många vanliga småbutiker på den vägen. Gamla butiker blandat med nya. Roligt att titta i alla fönster. Finns allt man behöver av butiker, lite matställen, större klädes butiker m,m.
Alla butiker hade öppet, vilket inte var varje kväll. Måndagar och onsdagkvällar öppnade inte en del av de gamla små butikerna. De stängde runt 14-tiden för att öppna dagen efter. Förutom stora butikskedjor som håller öppet varje dag till nio på kvällen och stängda på söndagar.
Gick in på Zara o upp på herravdelningen för att köpa badbyxor. Ingen bra idé. Jag gick vidare, in på första sportbutiken och hittade ett par badbyxor.
Så då var det klart till imorgon. Bilen hyrd och badbyxor inköpta, var verkligen upphetsad inför morgondagen. Undrade hur det skulle se ut och var det låg exakt. Klockan var strax före nio.
Slog en signal till Viola, men inget svar.
Vad har nu hänt, var framme vid torg 1866, och tog vägen ner mot hamnen.

Funderade lite över Manolis. Nästa gång jag pratade med honom måste jag fråga efter min mor.

Hon visste ju att jag var här men verkade inte så angelägen.

Slog mig ner på första plats mot havet då mobilen surrade i min ficka.

" Hej Alex, Johan här."

" Hej, jobbar du inte."

" Jo, men jag måste berätta något. Viola har checkat ut från hotellet. Ingen vet var hon är. Men sånt kan väl hända fast det verkar lite konstigt när hon är betalande charterturist. Men sen var det nåt annat. Städerskan har hittat nåt på rummet som kan vara intressant för dig.

" Va, vad är det"

" Det är ytterligare en del till smycket…
Det där som måste vara delat i 3 delar."

Men nu blev jag stum.

" men Alex, är du kvar."

" Ja, men jag känner mig trött. Var tusan är Viola då, tänk om det hänt något. Kan vi ses så jag kan få smyckedelen för att se vad det kan vara för gemensam nämnare på dom.

" Vi kan ses senare ikväll, när jag slutar. Ska se om jag kan titta lite i Irinis väska. Den står kvar på kontoret Jag kommer över till dig vid hotellet, blir runt tio-tiden.

" Okey Johan, men kom till Remezzo. Jag sitter på bänken utanför."

Jag hade ju två delar just nu och de kunde jag inte tolka. De kunde bilda en figur, blomma kanske också bokstäver. Jag vet inte riktigt. Tänkte vänta där på Johan.

Jag bokade en bil för morgondagen.

Denna kväll var det mycket folk som promenerade i hamnen. Det var lugnt i havet. Båtarna utanför cafeét hade slutat sitt uppdrag för dagen. Turistbåtar med glasbotten som gjorde turer varje dag för att uppleva djurlivet under havsytan.

Han dröjde men längre upp i backen såg jag honom komma."

"   Hej, Alex...."

"   Va, ja hej Johan, slå dig ner. Jag hade mina tankar på annat håll."

"   Vet du Alex, jag tittade i Irinis väska. Det var ingen på kontoret. Det fanns ett brev där om ett arv. Jag kunde ju inte ta det men jag fotade.

Messar det till dig så du kan se om det är relevant."

Han lämnade över smyckedelen till mig och jag kastade en blick som hastigast på det och la det i fickan. När jag kom upp på rummet skulle jag sätta mig i lugn och ro och se vad jag kunde få fram av det och det fotograferade brevet.

Jag sa inget till Johan om att jag sett min mor, (för många ord är fattigdom, som man säger i Grekland.)

"   Jaha Johan, jag får verkligen tacka för att du tog dig tid med detta. Det betyder mycket för mig, ska titta igenom dem och se vad jag kan få ut av det. Har du fått tag i Viola?"

"   Nej, jag har ringt ett antal ggr och får inget svar. Och eftersom hon lämnat rummet så kan jag ju inte mer än ringa till hennes mobil. Hon svarar inte. Vi får se när hennes retur är. Om hon inte kommer då måste vi kanske efterlysa henne. Jag vet inte, jag har aldrig varit med om något liknande. Men nu ska jag gå och träffa några polare, vill du hänga med."

"   Tack, men jag avstår. Jag ska gå upp på min kammare och läsa dokument, ringa några samtal, försöka pussla ihop smycket. Det tar väl halva natten, ha ha ha.   Men vi kan väl höras, Johan. Jag skulle ju vilja veta hur det är med Viola. Jag hör av mig till dig om hon ringer."

"   Okej Alex. Lycka till ikväll med ditt nattjobb, vi hörs."

Johan vek av uppåt gatan Jag betalade och gick till Nora och pratade lite med Eftichis, men ett kort samtal. Eftichis var en ganska missnöjd man. Han var runt 60 år, av medellängd med grått hår, inte så tunt, enkelt klädd men så bekymrad över Greklands regeringar i stort. Svårt att sätta sig in i om man som jag inte kände till Greklands styre och påverkan på sin befolkning. Därför blev samtalen oftast lite korta då jag inte kunde bemöta konversationen. Han kunde prata hur länge som helst men det blev bara som en monolog. Gick upp på rummet, stängde dörren och bredde ut mina dokument på sängen och lade de två smyckedelarna jag hade, på bordet. Tog upp det tredje ur fickan.

Det var sén torsdagkväll och jag tyckte att jag varit här mer än 3 dagar, så konstiga sammanträffanden, så tröttsamt.

Började sakta gå igenom smyckedelarna. på den ena såg det ut som ett "S" , den andra var som ett "A" och den tredje som jag fotat var lite svår att se. Kanske ett "X". SAX, hm, men vad skulle det då betyda.

Drog mig till sängen för att studera dokumenten och där var det ju ritningar till förbannelse. Det var då boningshuset, och till det var där tre andra byggnader, ett annex eller förråd. Kunde inte se exakt vad. Det fanns en ritning till som just ramlat ner på golvet. Den måste ha legat inne i en annan ritning. Manolis kan inte ha sett den för det var anteckningar på alla som han gått igenom.

Vad jag förstod så var den inte på samma tomt som bostadshuset. Det såg ut som det var ett hus i en stad. Det var ett boningshus med omkringliggande gator. Försökte leta efter något namn på pappret men det var i princip omöjligt. Var kunde då detta vara. Byggnaden såg ut att innehålla minst 10 lägenheter. Kan det vara Aten...

Jag trodde inte mina ögon. Det skulle betyda att jag och Alma skulle kunna leva på detta arv, om nu byggnaden var i gott skick, var det nu var. Jag lämnade det dokumentet åt sidan. Öppnade det sms som Johan skickat. Det var i princip samma som jag redan hade.

Enda skillnaden var att Viola skulle äga sin lägenhet oavsett vem som skulle ärva. Hennes hyra skulle inte höjas i framtiden.

Intressant. Vad jag förstod var att Viola skulle ha sin berättigade arvsdel samt lägenheten i Aten.

Dessutom tillgång till sommarhusen på Kreta men med överenskommelse med mig och Irini. Men Irini var inte med så det blev jag och Viola som skulle samsas. Och det skulle väl gå bra, undrar bara vart hon tagit vägen.

Reste mig och grabbade en öl från kylen och gick ut på balkongen. Det var ganska lugnt på gatan nedanför.

Drack min öl och kände hur ögonlocken bara ville ramla ner. Tog en titt på telefonen, natt.

Oj.oj oj. Reste mig, gick in på rummet, rensade på sängen, Det mesta hamnade på golvet, drog av mig kläderna och la mig på sängen för att i nästa sekund somna.

Fredag

Drömmen gick över i ett uppvaknande som inte var som vanligt. Visste inte om jag var vaken eller inte. Drömmen låg kvar som ett töcken av scener som spelades upp inför mina ögon

>Min mor, och William som kom och anklagade mig för att jag tagit hans mamma. Min mamma var Williams mamma som lämnat honom, kommit till Sverige och träffat min far och jag blev till. Samtidigt som Almas mamma hade träffat Williams pappa och Alma blivit till. Måste tänka. Vi har ju inte samma far, inte samma mor. Då är det bara om-ständigheter som har uppstått. Vilken dröm och vilken soppa.
Alma, som dök upp tillsammans med Sofia i nån diffus omgivning.<

Jag reste mig sakta upp och drog mig till badrummet. Steg in i duschen och lät vattnet strila över mig samtidigt som jag kom till ett normalt tillstånd. Men drömmen hängde kvar och jag hade svårt att fokusera på nuet.   Torkade mig och klädde på mig. Gick ner till fiket och beställde min frukost. En ny servitör idag som jag inte kände igen så jag kunde inte bara vänta på att bli serverad.

Jag åt min frukost ganska snabbt då jag ville åka iväg. Hade glömt mina dokument på rummet så en snabbis för att hämta dem och sen promenerade jag uppåt stan där jag skulle hämta bilen.

Bilen var en liten vit Fiat. Jag tog mig en ordentlig titt på den för att se att den inte hade några krockmärken. Men den var okey. Jag satte mig i bilen och körde iväg, mot mitt hem här på Kreta. En underbar men konstig känsla. Letade mig upp till motorvägen mot Kissamos och låg och körde i lagom rytm. Många farliga omkörningar och lokalbefolkningen körde i höger fält som var markerad med heldragen linje. Alltså inte tillåtet, men ett sätt för dem att göra en tvåfilig väg.

Jag körde lugnt eftersom jag inte hade någon brådska. Denna väg hade inte funnits när jag och Alma var här för massa år sedan.

Vägen var inramad av växten oleander i olika storlekar och färger. Fantastisk växt, tillhörande släkten Nerium, som det finns mycket av runt medelhavet.

Vägen var ganska bra och efter ca 40 min. hade jag nått Kissamos. Jag körde in i stan och följde skylten där det stod "beach" .

En liten stad med allt som man behöver och lugnare än storstaden Chania.

Hittade en parkering strax ovanför strand-promenaden. Slog mig ner på "Babel". Ett café som såg trevligt ut. Beställde en cappuccino och tittade ut över bukten. Fotograferade. Tog fram min karta. Bortom Kissamos fanns `Balos`, ett känt turistmål.

På båda sidor om mig låg hotell och restauranger. Fint ställe. Många låg precis på strandpromenaden. Spenderade lite tid med att titta på kartan hur jag skulle åka vidare. I dokumenten fanns en vägbeskrivning så jag synkroniserade den med kartan jag köpt i Chania. Betalade kaffet och gick till bilen. Åkte ut samma väg som jag kom och följde skylten som det stod Elafonissi på.

Det var en snirklig väg mellan höga berg och djupa dalar, en tunnel och mellan små hus. Ibland var det så smalt att inte två bilar kunde mötas. Spännande och en mycket vacker väg. Stannade efter tunneln vid Topolia och fotade lite.

Körde ganska snart vidare ca en halvtimme och vek av mot Elafonissi. Jag befann mig på ca 6000meter över havet. Nerfarten mot havet bjöd på ännu fler kurvor samt en del får som skulle passera vägen. Med min GPS hittade jag till slut avfarten mot Livadia, som var mitt mål. Körde sakta över en bro och stannade vid det lilla kapellet till vänster, som låg vid havet strax efter bron. Tog en ordentlig titt på kartan. Gick ur bilen och njöt av utsikten som var överväldigande i denna bukt. Fotograferade och fortsatte min färd förbi en nedlagd fabrik?? Vet inte exakt vad det kunde ha varit så det fick jag ta reda på vid ett senare tillfälle.

Fortsatte min färd ca 6 km tills jag kom till en vägkorsning. Stannade och tittade på kartan.

En grek kom fram till mig och frågade på knagglig engelska om jag sökte nån.

Jag sa att det skulle finnas ett hus här där Bofakis hade bott.

Han tittade länge på mig och fortsatte på sin knaggliga engelska.

"   You look like Carlos, are you family." (han tyckte jag var lik en Bofakis och undrade om jag tillhörde familjen)

Jag sa bara att jag hade en relation med familjen och han visade mig hur jag skulle ta mig till gården.

Jag fortsatte vägen ner mot havet där det fanns olika serveringar i liten skala och ett cafè som knappt syntes om det inte var för att den förmodade ägaren satt på motsatta sidan om cafeét och vinkade. Åkte förbi ett hus som såg ut som en borg och vägen gick nu uppåt mot bergen. Det var ett bergmassiv på höger sida och havet på den andra, fantastisk natur. Stora olivlundar och massor av får. Efter kanske en km uppför såg jag på höger sida det som jag trodde var gården. Saktade ner, körde in bland olivträden, parkerade direkt. Det var bara en liten grusväg som ledde in till gården. Inga grindar eller staket. Såg ut som ingen bott på flera år. Ett stort hus och ett mindre stenhus. Gick runt och såg förråd på baksidan. Gick runt lite och förstod att det var här. Olivträd som bara väntade på att bli omhändertagna. Vilken känsla. Havet inom räckhåll, bedårande utsikt över Lybiska havet.

Jag gick mot det stora huset, ett vitmålat stenhus i två våningar. Lite slitet men skulle säkert gå att restaurera. Bredvid låg den lilla stugan som förmodligen Eloni bott eller bodde min mor där på sommaren. Eloni kanske bodde i det stora huset. Kom inte ihåg just nu. Det mindre huset såg ut som det skulle vara bebott. Det var mycket blommor och utemöblerna stod ute precis som att någon tillbringade en hel del tid där. Min tomt, lät konstigt, men så var det ju. Jag såg ingen så jag gick till stora huset, som var låst. Jag letade efter nyckeln som Matheus gett mig och hittade den längst ner i väskan. Stack den i låset men tyvärr så öppnades inte dörren. Den måste vara till något annat utrymme. Men min tanke var att det måste finnas en nyckel gömd. Jag lyfte på stenar, krukor, m,m och till slut hittade jag en i en blomkruka som stod en bit bort, närmare lilla boningshuset.

Alex satte nyckeln i låset och öppnade dörren.

Det var en fin entré på denna huvudbyggnad. Stor trädörr med spröjsade fönster. Färgen var avskavd blå.

Jag kom in i en hall, vilket inte är vanligt i Grekland. Det stod en bänk till höger och en del hängare ovanför.

Hallen ledde in till ett drömkök. Relativt ny-renoverat med ett bord i mitten som lätt kunde rymma tolv personer. Rustikt gammeldags men på något vis andades det nytt. En rymlig kökssoffa Och eldstad som var väl använd.

Han kände ju direkt att detta kändes hemma

Fick en klump i halsen och kände sig väldigt rörd. Förstod inte riktigt varför men det kändes som att komma hem. Hur nu det kan vara möjligt, jag har ju aldrig bott i Grekland. Från köket gick jag in till ett litet sovrum på vänster sida som var möblerat med en säng, byrå, garderob och en gammal stol.. Allt var som man kan se i gamla filmer. Möblerna täckta med färggranna tyger som säkert någon "moster" hade vävt. Väggarna var täcka med tunna färg-glada handvävda mattor för att hålla värmen på vintern, enligt min teori. Det var väldigt vackert. Tog mig ut i köket igen och gick in mot rummet rakt fram, ett större rum som var försett med en gammal soffa, ett vitrinskåp och ett vackert bord fullt med fotografier. Släktfoton säkert. Här var det en del övertäckt men soffan hade sina fina spetsdukar på armstöden, virkade dukar överallt och vitrinskåpet var belamrat av fint porslin, glas och diverse prydnads saker.

Jag gick vidare i huset som bestod av sex rum och ett badrum i den övre våningen samt en stor balkong med utsikt över havet. Rummen var inte iordningsställda som på nedre botten men det var väl förberett och det mesta var målning, någon vägg lite nya dörrar och kanske fönster. Byggnaden i sig själv verkade riktigt rejäl.

Efter att vi gått genom alla utrymmen, som naturligtvis också inkluderade förvaring så gick jag ner till köket igen.

Jag öppnade en stor dörr från köket och där fanns en salong som var stor och charmig, också den med öppen spis och stora panoramadörrar ut mot en altan som hade utsikt över havet och olivlunden. Det var som en dröm.

Där fanns dessutom två sovrum som måste ha renoverats på senare tid. Jag valde det som jag gillade mest, Det hade stora fönster-dörrar som vette mot baksidan och bergen. Det skulle bli mitt och Almas sovrum. Tänkte på Alma och bestämde på plats att hit ska vi åka i sommar. Nu var det mest att ta reda på vem som vi skulle dela med, om det fanns någon.

Det knackade på dörren som stod öppen och utanför stod mannen som visat mig vägen.

" 	Hello", sa jag

" 	Hej Alex, jag heter Georgos och är Seidas man.

Jag blev väldigt överraskad och sa inte ingenting.

Georgos fortsatte att prata:

" Alex, jag är så glad att du är här. Din mamma kommer att bli så lycklig. Hon är inte här nu men vi kan väl ringa till henne sen. Vad tycker du"

Jag gav Georgos en kram och tittade på honom noga. Han såg så snäll ut. Han var kortare än mig, mörka snälla ögon och ett fint leende. Håret var kolsvart och han var kortklippt.

Han var fint klädd i jeans och en snygg skjorta.

"Ja, Georgos, jag blev så överraskad. Jag kom ju precis och ska lasta ur bilen, har du lust att hjälpa mig."

Det var inget att resonera om det. Vi plockade ur bilen, satte på kylskåpet och placerade mina inköp på där för avsedd plats.

” Alex, Det finns ett annex på baksidan. Om du vill går vi dit och tittar. Jag har nycklarna.”

Han gick bort mot lilla stenhuset för att hämta nycklarna. Jag sökte upp WC som låg precis i anslutning till köket. Bakom ett draperi var det en liten hall med en dörr som ledde in till badrummet. Det var inte stort men välplanerat. Det såg relativt nytt ut i förhållande till övriga utrymmena. Jag vred på vattnet och tvättade händerna. Det fanns dusch och varmvattenberedare, toalett och handfat samt ett skåp för handdukar m,m.

Jag vred på vattnet och tvättade händerna och återvände till köket. Slog mig ner på kökssoffan och lutade mig tillbaka, la armarna över huvudet och bara njöt av denna underbara känsla. Dörren stod på vid gavel och utsikten gjorde mig sanslös. Olivträden som gungade lite för vinden och utsikten över havet som syntes mellan träden. Kände stor längtan av att få komma och bo här. Detta räckte för att göra mig lycklig. Lite nyfiken men det kunde vänta. Reste mig och började öppna skåp och lådor. Det var inte helt enkelt eftersom det kändes som jag gjorde intrång i någon annans hus, men detta var nu mitt, kanske skulle dela det med någon men jag var i alla fall en av ägarna.

Georgos kom med nycklarna och vi gick ut genom mitt blivande sovrum, rakt ut i naturen med bergen i bakgrunden.

Georgos   öppnade förråden som var fyra till antalet.

Ett var fullt med trädgårdsmöbler, i ett fanns allt man behövde för att sköta olivträden. Tredje förrådet innehöll en del möbler som var för innebruk.

Det sista var belamrat med tavlor, penslar, ett staffli och ett bord och två stolar. Det var någon som jag hade ärvt en ådra efter. Kunde det vara min farbrors konstverk.

Georgos berättade hur Carlos var konstnären. Han hade suttit många timmar framför staffliet. Senaste tiden hade det blivit färre tillfällen då han mest tillbringade sin tid. Han ägde ett antal lägenheter och bodde där. Viola var ofta där i Aten.

”   Alex, jag åker nu till Chania men kommer tillbaka i morgon eller övermorgon. Din mamma kommer med och vi ska stanna några dagar. Nu vill jag ta en selfie av oss som jag kan visa henne. Jag har nämligen inte berättat för henne när hon ringde. Tänkte överraska henne.”

Jag vinkade av Georgos när han for iväg.

Slog en signal till Alma.

"   Alma, skrek jag i mobilen, detta är paradiset. Jag är hemma."

"   Alex, lugna ner dig, jag hör knappt vad du säger. Är du hemma."

" Ja, min älskade hustru (lät väldigt högtravande) men det är jag. I det stora huset på Kreta. Det är fantastiskt. Vi måste ta reda på snabbt hur det ska bli då vi ska dela det på något vis med Viola"
" Alex, vadå, med Viola. Har inte möjlighet att prata, är lite upptagen med en kund så vi måste höras senare. Skicka foton. Puss o kram."
" Puss o kram"
Alma hade lagt på. Jag fotade huset inne och utanför, olivlunden, havet i förgrunden och de höga bergen i bakgrunden. Funderade över Viola som inte svarat på mina samtal. En underlig kusin.

Gick in i huset igen och öppnade kylskåpet. Plockade ut lite ätbart. Tog en öl och stekte några ägg.
Gick och hämtade ett plastbord och en plaststol i ett av förråden och ställde på framsidan. Solen låg på och det var väldigt varmt, men så skönt.
Dukade upp och satt länge och njöt i solen.
Lugnet lade sig och jag skulle nog ta lite vila. Här måste skaffas ett antal hängmattor.
Dukade av och lade mig på soffan och somnade direkt.
Vaknade av att det knackade på dörren som jag stängt eftersom solen var så stark mitt på dagen.
Reste mig och öppnade dörren.
Mamma, mamma fick jag fram, jag var som en liten pojke igen. Full av sorg och längtan efter min mamma. Hon kastade sig om halsen på mig och vi båda grät.".

"   Mamma, jag trodde ni skulle komma imorgon, så glad att ni kom idag."
"   Ja Alex, men jag fick se fotot som ni tog idag och kunde inte vänta, så Georgos fick bara vända och åka tillbaka.
Vi har väntat länge på detta ögonblick. Han var också tårögd och rörd.
Jag hjälpte till att plocka ur bilen och ställa in i deras stenhus. Jag och mamma satte oss utanför vårt hus medan Georgos plockade undan och skulle göra iordning till middagen.
Jag hade sovit flera timmar efter lunchen så det var snart dags för middag. Vilken känsla, mamma och jag.
"   Älskade Alex, nu är vi här och kan prata. Georgos är min riktige make sen 30 år. Han är min räddare och min trygghet. Han älskar dig Alex, genom mig, som sin egen son."
Vi pratade om hur mor haft det på Kreta. Jag berättade hur farmor och jag haft det. Min farmor var underbar.
Georgos dök upp:
"   Jag har lagat lite mat, så vi kan äta nu om ni vill, sen måste jag åka till Chania.
"   ja tack vi äter gärna.
Vi dukade snabbt hemma hos mor och Georgos.
Han hade lagat den mest fantastiska fisk i ugn med klyftpotatis och fixat en sallad. Mor och jag hade inte märkt något där vi satt på soffan och pratade. Nu lämnade vi konversationen för att äta och samspråka om något annat. Inte lätt men ett

måste. Maten var underbart god och jag fick naturligtvis tips om hur man lagar till denna goda fisk. Ett kretensiskt eget vin från Georgos druvor blev en upplevelse. Starkt, väldoftande, smakrikt vitt vin.

Mor letade lite efter kaffe och nåt kaffebröd medan jag iakttog mannen som tagit mamma ifrån mig. Fast egentligen hade han faktiskt räddat henne. Hon hade inte haft något val.

Det grekiska kaffet var serverat och lite kakor hade mor med sig.

Nu kändes det lite lugnare och vi kunde börja samtala om allt som vi burit på i alla dessa år.

Först ville jag dock veta varför hon försvunnit.

” Ja, Alex, Andreas är ju din far men också en våldsam man. Jag var verkligen plågad. Men hur skulle jag kunna lämna dig. Jag trodde att jag skulle få möjlighet att hämta dig men han var livsfarlig och hade satt upp kameror hemma hos farmor. Så han kunde kontrollera allt. Jag kunde inte gå dit.”

” Aha, var det därför farmor aldrig pratade om pappa eller hans släktingar. Hon var avlyssnad.”

” Det låter troligt, jag känner mig fortfarande jagad av din far. I Chania försöker jag att vara lite i skymundan för jag är rädd fortfarande. Ville helst vänta på att presentera Manolis för dig redan men han kunde inte vänta. Han är så lycklig över att ni äntligen träffats.

"   Manolis har hållit sig undan och sagt att han är upptagen och bara träffat dig när det varit absolut nödvändigt. Det gjorde han för att inte utsätta mig. Men han kunde inte hålla sig när han fick syn på dig. Carlos fattade tycke för våran Irini och ville att hon skulle dela tomten med dig. Eloni var som en mamma för henne när hon var i Sverige. Därför tror en del att hon är Elonis dotter. Jag tror att Carlos tyckte synd om Irini eftersom hon har varit hjärtsjuk i hela sitt liv.

Mor började gråta och jag med, så mycket känslor som kom upp. Även Georgos fällde en tår.

"   Och varför blev Eloni mördad?"

".   berättar senare."

"   Men vad gäller din far så har han letat efter mig och letar fortfarande, vad jag förstår. Därför har vi varit väldigt försiktiga."

"   Men jag har hört att han är död."

" Nej, det tror jag inte. Då skulle jag fått veta det eftersom vi fortfarande är gifta."

Vi satt tysta en lång stund.

Mor reste sig först och vi dukade av och diskade under tystnad. Mor föreslog att vi skulle stanna hos dem i huset och prata vidare.

"   Alex, dessa olivträd är mycket fina, din farfar och farbror har planterat dom tillsammans men de bodde mest i Aten. Om du sköter om dom kan du få en bra skörd."

"   Jaha, det låter bra. Vill gärna komma hit och vara här framöver, kanske t.o.m bo här. Jag har ju fru o två barn så det måste diskuteras lite."

Vi bröt upp efter kaffet och gick till mitt hus. Vilken känsla.

Georgos gick lite före och öppnade upp med sin nyckel.

”   Vem bodde här senast för att renovera köket.”

"   Det var din farfar. Han kom hit varje sommar och underhöll huset. Han ville inte att det skulle förfalla, även om ingen bodde permanent. Han sa alltid: <u>en dag kommer någon hit som uppskattar detta och förstår värdet av att bo här.</u> Senast var det Eloni som bodde här. Hon skötte om det mesta och även vårt lilla hus då vi inte var här, och vise versa.”

Alex blev väldigt rörd och tänkte att det var rätt tänk. Han kände ju direkt att detta kändes hemma.

"   Alex, varför blev du så tyst helt plötsligt.

"   Jag tänkte på det som farfar sagt. Jag känner liksom att det är här jag hör hemma. Har aldrig haft den känslan direkt tidigare. Jag trivs i Arboga och vårt hus är precis som vi vill ha det men känslan här är något annat. Svårt att förklara.

"   Men   var farmor o farfar skilda?

"   Ja, för farfar ville inte bo i Sverige. Han trivdes aldrig. Han försvann ur mitt liv ganska tidigt. Jag har aldrig sett honom sen dess."

Tänkte på Alma och bestämde på plats att hit ska vi åka i sommar.

"   Alex, vi går ut och tittar på annexet."

”   Jamen det gjorde vi tidigare idag.”

"   ja, sa Georgos, men din mamma ville att vi skulle titta tillsammans.

Vi gick snett bakom huset och Georgos låste upp alla rum.

Rummet med tavlor och foton blev genast det som vi undersökte mest. Jag hittade några gamla fotografier.

"   mamma, kan jag ta dessa foton för att se om det är någon släkting eller bekant till familjen."

"   Ja självklart."

Längst bak fanns en målning av mig!!! Men så var inte fallet.

"   Den där målningen är ett självporträtt av ägaren av detta hus, din farbror. Ni är lika som bär."

Jag tog med mig tavlan, den skulle upp i stora huset.

"   Ska vi lämna detta och gå in i lilla stugan igen, föreslog Georgos.

Vi lämnade annexet och gick tillbaka till stugan och slog oss ner vid bordet och jag började ställa frågor till min mor.

"   Berätta lite om vad som hände, hur du träffade Georgos och hur du hamnade här.

Mor berättade följande:

" Det är svårt, käre son, men jag blev så illa behandlad av din far. Han slogs och det tog aldrig slut. Jag försökte att stå ut med tanken om att det skulle bli bättre. Och hur skulle jag göra, du är ju min son. Men till slut fanns ingen annan utväg. Jag visste att dig älskade han och han gav sig aldrig på dig. Inte för att han var en engagerad pappa men han gjorde dig inte något ont. Sen var det din farmor. Hon fanns där för dig hela tiden och jag trodde faktiskt att jag skulle kunna hämta dig senare men det var omöjligt."

(jag nickade för att visa att så var det verkligen, min älskade farmor)

" Jag hade lärt känna Georgos genom din far. De umgicks lite men Georgos fick se hur Andreas behandlade mig så han drog sig bort från Andreas men hjälpte mig. Vi var inte ett par utan han bara hjälpte till som den goda människa han är. Så efter mycket ångest, funderingar hur jag skulle göra så kom jag fram till att detta måste få ett slut. Det var sista gången han slog mig och din far sa att jag var sjuk och skulle vara borta ett par dagar. Men då hade jag rymt. Jag är så ledsen för det jag gjort mot dig.

Andreas började leta efter mitt pass men det hade jag tagit efter veckor av letande. Väl gömt bakom tvättkorgen i badrummet. och Georgos hämtade mig på natten, han väntade nästan hela natten på att det skulle bli tillfälle och vid fyra-tiden på morgonen, gick jag in på ditt rum, gav dig en lång

93

*puss på kinden medan mina tårar rann och tog en
otvättad tröja som var din och som låg på stolen."*

Mor började gråta och jag fick svårt att hålla igen,
Vilken hemsk upplevelse för henne och mig.
"   Mamma , jag kände den pussen, kommer ihåg
men förstod inte riktigt. Och när jag vaknade på
morgonen så var det lite blött på kudden, men jag
trodde jag kanske dreglat. och tröjan letade jag
efter men den var borta. Till slut så glömde jag
den. Men jag tog en av dina jumprar och lade i
min säng. Ville känna din doft."

Mor fortsatte:
*"   Men kära barn, så sorgligt. Jag sprang ner för
trapporna och hoppade in i Georgos bil. Han
kunde inte få mig att sluta gråta. Han körde hem
till sig, bäddade ner mig i sin säng medan han sov
på soffan. Men jag kunde inte sova och tveksamt
om han sov alls."*
Georgos inflikade:
*"   jag sov inte en blund den natten. Trodde du
skulle drunkna i dina tårar."*
*"   Vi steg upp på förmiddagen och drack kaffe och
jag var nästan på väg tillbaka till dig men tittade
mig i spegeln och förstod att nästa smäll skulle
döda mig. Jag såg ut som en boxare som förlorat
tio ronder. Kunde knappt se ordentligt.*

Georgos bokade biljetter till Kreta och vi åkte två dagar senare. Men jag var på väg tillbaka till dig och jag gick till förskolan för att titta på dig igen innan vi åkte. Hemskt svårt.

Vi bodde i ett litet hus i Chania som Georgos moster äger och som vi fortfarande bor i.

Georgos hade jobbat som lärare i Sverige men blivit arbetslös en period. Så han tog upp sina studier i Grekland och arbetade som lärare. Jag lärde mig grekiska och har jobbat i turistsäsong på ett hotell i Platanias. Georgos var ledig på sommaren medan jag jobbade. Efter några år förstod vi nog att vi var ämnade för varandra men vi kunde inte gifta oss för då skulle din far hitta oss om jag begärde skilsmässa. Så vi fejkade med att låna bröllopsklänning och kostym, Tog ett foto och alla tror här att vi är gifta. Sen blev jag med barn, Manolis. Men saknaden efter dig var fruktansvärd. Eloni hjälpte mig när hon var i Sverige. Hon gick till skolan och fotade dig. Det var hon som gav de små breven till Matheus. Jag har dessa foton hemma. Ska visa dig sedan när vi träffas hemma hos oss i Chania. Sen föddes Irini och hon var liten och klen och tog mycket av vår tid.

Så en dag fick jag veta att din far bara hade stuckit."

" Ja, han försvann med någon kvinna och det blev jag och farmor. Hon var min enda familj, till Eloni gav sig till känna. Jag skulle träffa henne men hon dog."

"   Ja, hon dog, men hon blev inte mördad. Hon tog livet av sig men med hjälp av Andreas.
"   Va...hur då?"
"   Han bad att få träffa henne och hon gick med på det, så de träffades och tog en drink på en bar någonstans sen tog de en promenad och där dog hon. I en skogsglänta. Inga tecken på något våld, inget gift i kroppen, bara död.
Hon hade fått en hjärtinfarkt, sa läkaren."
"   Men, så dog Irini på flyget....."
"   Ja Alex, det är vad vi tror men vem ska tro på det. Hennes kusin Sofia Bergström dog, hennes syssling försvann, Claes Bergström".
"   Men, stopp, Är de släktingar till oss?"
"   Javisst, men förmodligen fjärde kusin eller nåt.
"   Oj oj oj, herregud, Men vem är då Tomas Bergström..."
"   Han är ju också släkt men en syssling på min fars sida. Jag hette Bergström som ogift.
"   Jaha, hade jag ingen aning om, så bakom allt detta som hänt ligger alltså min far, Andreas Bofakis."
"   Det finns inget bevis för de teorierna, men lite underligt verkar det och ingen vet var Andreas finns."
"   Men vet han om att jag ärver detta. Om han vet om detta hus så är ju vi i fara."
"   Nej, jag tror inte det. Han vill inte på något vis göra dig illa utan det är mig han vill skada."
"   Men har han lejt Claes då för att avlyssna vårt hus."

" 	Ja det kan vara möjligt, för att höra om vi har
någon kontakt. Men jag tror inte att han var så
avancerad.
" 	Men Sofia? ,
" 	Ja, Hon var ett hot mot Alma och det visste
Andreas. Det kunde han inte acceptera men han
kunde skrämmas lite genom att få henne få henne
ur balans vilket gjorde henne mera skör än hon
var"
" 	Hon var ju inblandad i en historia med min fru
Alma. Enligt Alma hade hon stalkat henne en
längre tid. De hade träffats på deras arbetsplats.
Sofia gillade tjejer och stötte på Alma. Sofia kunde
inte acceptera att Alma inte hade samma känslor
för henne. Men vad vet du om Tomas, Sofias
bror."
" 	Ingenting, han är liksom vid sidan om och har
ingen kontakt med mig",sa mor.
" 	Men hur är det då med denna resa. Irini bodde
inneboende hos honom när Eloni hade omkommit.
Han är här i Chania och jag har träffat honom.
Han är född och uppvuxen i Sverige. Jag tror att
han följer mig för att förgöra de som har något
samband med dig.
Men sen är det Viola som bodde på samma hotell
som Tomas Bergström och som är försvunnen. Vi
skulle äta middag ihop men sen försvann hon,
borta bara."
" 	Det vet jag faktiskt inget om, men Viola kan
vara lite oberäknelig ibland. Viola har tillbringat

97

många somrar hos oss här och Irini och hon trivdes väldigt bra ihop."
"	Men Manolis och Andreas måste på något vis vetat om detta."
Jag tyckte att detta var lite långsökt och jag tror att det ligger något annat bakom.
Vi bytte samtalsämne och pratade om hur det kan vara här sommar och vinter. Klimatet är väldigt bra på denna sidan av Kreta. Turister finns det gott om på sommaren men på vintern kan det kännas lite öde. Skolor finns i närheten men det är inte som i Medåker/Arboga.
Vi diskuterade om olika sätt att leva här och där, skillnader i skolväsendet, sjukvården, m.m
Det är ett annat socialt nät här i byarna. Man kanske inte umgås jämt men man hjälper varandra om det behövs. Finns oftast jobb i byn om man är händig. För barn kanske lite ensamt just här vi är nu. Barn finns men det blir skjuts med bil och skolbuss till skolan.
Långt till sjukhus och vårdcentral och läkare i allmänhet.
Vi dukade av och mor o Georgos skulle tillbaka till Chania och jag bestämde mig för att stanna en natt. Vi skildes åt med många kramar och de skulle höra av sig när det var klart för begravning.
Jag vinkade tills de inte syntes mer och Georgos tutade flera ggr.
Jag hämtade en stol från köket och satte mig ute för att njuta av solen tills den gick ner. Fick nypa

mig i armen för att förstå att detta inte var en dröm utan min nya verklighet.

Jag funderade hit och dit. Min tanke var att man tillbringar somrar här och annexet och huset kan hyras ut. Vår, sommar och höst kan det vara ett center för massage, reiki, yoga. Fotokurser, målarkurser, skrivarkurser m,m.

Finns så många möjligheter. Nu är det bara att ta reda på mer om ägandet.

Ska slå en signal till Manolis min bror ikväll och höra om vi kan ses snart.

Jag gick in och fyllde på vinglaset och tog några potatisar, satte mig ute på stolen och bara njöt av den fantastiska utsikten och värmen. Några olivträd var så korta att man kunde se havet ovanför men de flesta var höga och man fick titta mellan träden för att se havet. Tomten var lite sluttande.. Det var så vackert. Solen gick ner rakt fram från min plats. Några hus låg runt men inga röster hördes. Det var lugnt och tyst.

Försjönk som i dvala och höll nästan på att trilla av stolen då mobilen ringde.

" Hej det är Viola, viskade hon.

" Hej, men hur är det och var.

"   Kan ej prata så mycket, jag mår bra men är på flykt från en som kallar sig Andreas och påstår att han är din far. Jag klarar mig, är säker där jag är och flyger imorgon någonstans där jag inte hör hemma. Kontaktar dig senare. Så sköt om dig .

Hon la på utan att jag hann kommentera något.

Men vad har han för intresse av henne. Ville han komma åt mig genom henne.

Jaha då är han här. Jag måste hitta honom innan han hittar min mamma. Bestämde mig för att inte hetsa upp mig utan drack ur mitt vin och följde solnedgången. Jag fotade solnedgången febrilt, som att det var den sista. Efter fem minuter var den borta, mörkret lade sig och jag tog stolen och gick in i köket och ut på baksidan genom vårt blivande sovrum för att se månen gå upp bakom bergen. Otroligt. Och vilken stjärnhimmel. Inga lampor som störde och jag försökte tolka alla stjärnor.   Slog en signal till Alma.

Inget svar. Klockan var runt nio så det var kanske bad och läggdags. Provar senare. Gick in i köket, lade mig lite på soffan och somnade.   Mobilen väckte mig. Letade.

"   Hallå, sa jag något sömndrucken.

"   Hej Alex, det är jag, sa Alma.

"   Hej kära du, förlåt men vad är klockan.

"   Den är strax efter tio varför undrar du det.

" Jag somnade till vid nio-tiden. På soffan, precis som hemma. Hur mår du, Alma?"

"   Jag mår fint och barnen också. Jag är bara nyfiken, hur känns det i huset?"

"   Alma, jag är här, alldeles själv. I stora huset. Ska sova här ikväll, det är fantastiskt, jag flyttar hit imorgon om jag kunde, det är helt underbart. Jag kopplar upp mig på FaceTime så får du se. Ute är det kolsvart men jag ska visa hur det ser ut.

Vi stängde ner och jag slog på Face-time. Jag gick runt överallt och visade rum för rum i vårt stora hus.

Alma sa inte mycket under tiden för visningen, hon var alldeles tyst.

" Alma, detta är vårt. Jag har spelat in en video under dagen med huset och annexet och tagit massor av foton som du får se när jag kommer hem. Detta är bara en liten del av det hela. Men det skulle gå att leva på om vi gör iordning för uthyrning på sommaren och med din verksamhet, kurser m.m så kan det bli fantastiskt. Jag kan ha fotokurser."

" Alex, jag är mållös, det är så vackert. Kan inte vänta på att se resten. Skicka lite foton eller videon. Herregud, jag vill också flytta dit, men vi måste tänka noga. Men sen är det väl lite osäkert med vem som äger tillsammans med oss.

" Ja Alma, jag sover här inatt och imorgon ska jag åka tillbaka till Chania och träffa Manolis. Jag har bokat tid. Ska bli mycket spännande. Hur går det för barnen i skolan och ditt källarjobb?

" Det går alldeles utmärkt, mycket folk passerar varje dag och läser skylten som jag satt upp utanför. Jag glömde att säga att jag öppnar sista veckan i maj. Blir klar tidigare än jag trodde. En del kommer inte vara helt klart men vi kan ha verksamhet

" Låter bra. Var rädd om dig, Puss o kram"

" Puss o kram, Alex vi hörs imorgon."

Mobilerna stängdes ner samtidigt. Jag berättade inget om det som hänt under dagen, om Bergströms eller min mor och Georgos.

Jag ringde inte till Manolis, min halvbror eftersom jag skulle träffa honom imorgon.

Öppnade kylen och fann lite plock att äta och en liten Mythos, grekisk öl.

Det var så pittoreskt, kändes så bra, kände mig hemma.

Köket var i en ljus lite beige färg och skåp och lådor hade en ljusgul nyans. Väldigt vilsamt i mina ögon. Inga tavlor på väggarna fast det fanns så många i förrådet. Det var olika ägare kanske. Bordet jag satt vid var ett slagbord, och det fanns lådor i bordskanten under bordet för bestick. Det gillar jag, fanns även i Sverige för länge sedan.

Avslutade mitt lilla kvällsmål och dukade av, ställde disken för morgondagen och matresterna i kylen. Tog tavlan jag hittat i annexet och satte upp den på köksväggen på en befintlig spik.

Gick in i salongen och satt mig i den gamla fåtöljen. Bara insöp atmosfären och tittade mig omkring ordentligt. Inga tavlor men många väggmattor, som sagt. Undrade vem som vävt dem. Kanske Eloni? eller någon annan släkting. Farmor var ju i Sverige med mig tills hon dog. Kunde hon ha vävt de innan, tveksamt. Men det ska jag ta reda på senare.

Det verkade som det var relativt nymålat, och omskött. Reste på mig och öppnade vitrinskåpet.

Tog fram tre album satte mig i fåtöljen igen och började bläddra.

Det var gamla foton och jag kände inte igen någon som kunde ha nåt släktskap med mig förrän jag hittade ett fotografi som låg längst bak inkilat mellan två andra fotografier. Det var en flicka i 6-årsåldern och som hade gemensamma drag med min Irma. Vem kunde det vara.

Kunde det vara Irini, min syster när hon var liten. Jag lade tillbaka fotografiet, ställde albumet i vitrinskåpet och gick in i sovrummet och tog bort det fina överkastet. Det var bäddat men det kanske var bäst att byta lakan om jag kunde hitta några. Det fanns en liten garderob och där hittade jag det jag behövde. Tog ut några nya lakan och en handduk och lade på sängen. Gick in i badrummet och satte på vattnet. Visste inte om det fanns nåt varmvatten. Hade inte satt på varmvattenberedaren, men det var inte iskallt så jag tog en sval dusch. Det var riktigt skönt. Drog handduken runt kroppen och gick till köket och skulle ta en öl till som jag sett längst in i kylen. Hörde något ljud från någonstans och stannade upp i min rörelse. Avvaktade.

Nu hördes nåt igen. Kunde inte tolka om ljudet var inne eller utanför. Satte mig vid köksbordet och försökte koncentrera mig. Öppnade ölen och tog en klunk. Nu hördes det igen och nu tyckte jag det kom från sovrummet. Jag gick in dit och på sängen satt en liten gråaktig katt.

Ooh, skönt, men var hade den kommit in eller hade den varit i huset hela tiden. Den kom fram till mig direkt och jamade. Hungrig, tänkte jag.
Letade upp lite av vår mat och la i en skål och hällde vatten i en annan.
Katten gick fram direkt och lapade i sig.
Efteråt gick den tillbaks till sovrummet och mot en dörr som jag inte sett som ledde ut från sovrummet. Den var halvt dold bakom en gardin.
I dörren fanns en lucka nertill och där smet den ut. Jag öppnade dörren endast iklädd handduken och den ledde ut till en liten uteplats. Jag letade efter en lysknapp och tände belysningen. En svag lampa som hängde lite på sned ovanför dörren. Det var en soffa där och utsikten var snett mot berget. Därför hade jag inte sett den. Det såg lite mysigt ut. Katten försvann och jag släckte lampan och gick in i sovrummet.
Bäddade sängen och satte mig på sängkanten och funderade lite på tillvaron. Tittade mig omkring och såg en tavla som drog till mig min uppmärksamhet. Det var fyra personer på fotot och de var som om att jag kände igen dem. Jag gick närmare och tittade noga. En flicka var väldigt lik Irma men fotot var gammalt. Jag fotade det och tänkte att ta med det till Manolis som jag skulle träffa imorgon.
Det var ju lördag men vi skulle träffas på en restaurang och prata om arvet och våra relationer. Kändes besynnerligt med att ha fått en bror. Det var mycket att smälta och det där med min fars

hat mot min mor som slog så hårt överallt. Var min far också en mördare?

Det kan väl inte vara möjligt, eller?

Undrar var han är. Viola påstod att han hade varit ett hot mot henne men inte hur. Hon hade bokat en resa någonstans för att komma bort.

Hur skulle jag kunna ta reda på vad som egentligen händer utan att blanda mig i fel sällskap.

Funderade på om jag skulle ta kontakt med Krim-Per. Han måste ha ett visst intresse för dessa händelser och intresset från min fars sida.

Reste mig upp och gick ut i köket för att dricka ett glas vatten. Gick runt i köket och fortsatte mitt funderande. Vem var nu egentligen Viola, min kusin, vem skulle ha något intresse av henne för att hon skulle vara rädd och resa sin väg. Hon hade träffat Tomas på hotellet, men det var vad hon sagt. Tomas hade inte varit på hotellet när vi träffade henne. Hon var Carlos dotter men jag kände inte henne.

Drog mig till sängen och lade mig ner, somnade efter en stunds tänkande på diverse händelser.

Lördag

Blev väckt utav katten som hoppade upp på mig i sängen. Innan jag förstod vad det var så hade jag rest mig upp sittande och knuffat iväg katten med en väldig fart, så den nästan slog i väggen. Oj, stackarn men jag hade inte förstått att det var den, blev bara så fruktansvärt rädd. Katten sprang ut genom sin ingång och jag reste mig upp och gick till köket för att ta en kopp kaffe. Det fanns som tur var pulver kaffe och vatten värmde jag i en kastrull.

Mobilen ringde, men jag tyckte det var tidigt, tittade på mobilen och den var redan nio, lyfte på luren, men för sent. Inget nummer jag kände igen, tänkte jag, drack mitt kaffe med en bit torrt bröd och getost, som låg i kylen.

Gick ut och tittade på utsikten, alla olivträd, bergen i bakgrunden. Det var fantastiskt vackert. Fotograferade naturligtvis, och tog en närmare titt på olivträden. Gick runt mellan träden och kunde förnimma doften av olja. Det var som små klasar med knoppar små som knappnåls-huvuden. Jag visste här och nu att jag skulle läsa på mer om olivträd, odling och hur det fungerade med olivplockning och när. Tog upp mobilen där jag stod och ringde tillbaka på mobilen fast det var ett nummer jag inte kände igen.

"   Viola, svarade det i andra änden.

"   Men hej Viola, kände ej igen mobilnumret. Hur är det med dig och var är du?

"   Jag mår bra men jag säger inte var jag är av kända skäl. Därför ringde jag från detta nummer. Ska stanna här någon vecka för jag har en väninna som jag bor hos. Kan inte säga så mycket. Vi kan höras genom bekanta senare, är det okey. Men hur mår du?"

"   jag mår bra, åker till Chania idag. Vi hörs senare som du sa. Sköt om dig och ha det så trevligt."

"   tack detsamma."

Samtalet avslutades och jag samlade ihop lakan och handdukar och la dem i en stor påse som jag hittat i köket, som jag ställde i ett hörn i sovrummet.

Gick en sväng i huset och allt var som det skulle. Tog min kamera och väskan jag haft med mig och låste, la nyckeln där jag hittat den och satte mig i bilen.

Ville inte åka härifrån, en känsla som var så stark att jag fällde en tår.

Startade bilen och backade sakta ut bilen och körde iväg, utan att vända mig om, samma väg som jag kommit.

Körde sakta för att riktigt ta in omgivningen. Hade fotograferat igår när mor och Georgos hade åkt.

Det var fantastiska foton men det var inte som i verkligheten. Hade havet på höger sida och vänster sida om mig för vägen var väldigt kurvig. Saktade ner farten ytterligare för att njuta av detta klara vatten. Det blåste knappt och färgerna skiftade i turkost, mörkblått och havsblått, om man kan uttrycka det så.

Det var så att man kunde känna doften från havet. Jag slängde en blick på mobilen och stannade bilen strax efter bron. Klev ur och tog av mig tröjan. Badbyxorna hade jag på mig. Gick ner till stranden och tog mig försiktigt ner i vattnet. Runda stenar på botten och lite svårt att ta sig i utan att ramla. Snart kände jag sand under fötterna och dök med huvudet före. Vilket underbart friskt vatten. Vågorna var lite väl höga för min smak. Men jag flöt där en relativt lång stund. Vilken känsla. Bara jag och havet.

Vid bilen torkade jag mig och satte mig på handduken, startade motorn och körde upp i bergen. Vilken lycka.

Solen sken och det var som en svensk bättre sommardag fast det var vår. Idag var det första maj. Det tog mig drygt en och en halv timme att köra till Chania. Gjorde inga stopp efter vägen.

Det var mycket trafik när jag äntligen var framme. Parkerade bilen på en sidogata nära uthyrnings-firman, lämnade in nyckeln, tog mitt bagage och tog en promenad till hotellet. Såg ingen i receptionen, gick upp på rummet och tog en dusch och bytte kläder.   Slog en signal till Alma men fick inget svar. Hon jobbade nog.

Det var mycket folk på stan denna lördag eftersom det var första maj och det är grekernas riktigt första sommardag. Ungefär som vi firar midsommar. Många smyckar sin bilar med färska vårblomster, en del gör kransar och hänger på dörren. Familjer åker ut på landet och äter på restaurang som nyss öppnat för sommaren eller tar matsäck med sig.

Jag tog mig en promenad mot Remezzo där jag skulle träffa Manolis, min nyfunna bror. En underlig men härlig känsla.

Gick sakta och tittade mig inte så mycket omkring utan lufsade fram.

Snubblade på något och lyfte blicken, där stod Johan, reseledaren.

" Vart är du på väg, du verkar nedstämd som går så där med huvudet neråt."

"   Nej, ha ha jag är på väg för att fika med Manolis (varför sa jag inte "min bror") och har inte bråttom så därför gick jag sakta och tittade ner i gatan. Klart att jag tänker på saker och ting men inget allvarligt. Hur är det med dig."

" Jo det är bra egentligen. På jobbet är det lugnt just nu, men jag undrar ibland var Viola tog vägen."

Jag funderade i en bråkdel av en sekund.

"   Jag funderar också ibland men man får ju hoppas att det är okey. Har ni gjort nån efterlysning?"

"   Nej, vi vet inte om det är på vårt ansvar."

Hon har avvikit från vår resa och valt det, får man hoppas. Men vem vet. Vårt ansvar sträcker sig inte så långt. Men vi ses, Alex."

Sa han och drog iväg. Jag sa inget om att jag hade kontakt med Viola. Tyckte inte jag kunde lita på någon, kändes det som.

Jag var snart framme vid Remezzo och såg Manolis som redan var på plats.

Stannade upp lite och iakttog honom för att se om jag kunde finna några likheter. Vi är ju halvbröder. Hans hår var lockigt som mitt och lika svart. Att jag inte tänkt på det tidigare. Men jag hade ingen aning om då att vi hade något gemensamt, som att vi har samma mamma.

Gick in och fram till hans bord. Han reste sig och kramade om mig och kysste mig på kinden.

Jag blev fullständigt överrumplad och det var en skön känsla.

Jag slog mig ner och vi började prata om det som hänt och vårt släktskap.

Manolis beställde en kaffe.

Han hade vetat att jag var hans bror redan från början men mamma hade inte velat att han skulle säga något innan hon träffade mig. Vi pratade om Irini som hade fått en hjärtattack på planet. Han visste att hon hade någon bakomliggande hjärtsjukdom, men den hade aldrig förorsakat något problem.

Men han sa också att de inte hade daglig kontakt eftersom hon varit en hel del i Sverige på sistone.

Hon hade bott hos moster Eloni. När Eloni dött så bodde hon hos en kusin en kortare tid, tror jag Manolis sa att hon studerade till läkare i Västerås. Hon hade två år kvar innan praktik.

Han fick tårar i ögonen och sa samtidigt att imorgon var begravningen. Han sa också att jag måste komma dit, vi är familj.

Vi övergick till de dokument som skulle visa vem eller vilka som skulle ärva i Livadia.

Han sa att det fanns en dotter, Viola

och som då var min kusin. Hennes mamma var död sen många år. Hon dog i cancer. Jag funderade lite på vad som kan hända i det fallet. Manolis berättade att hennes arv var tjugofem procent av värdet och eftersom hon inte kan hittas så har du rätt att överta. Men om hon infinner sig så måste hon ha en fjärdedel av värdet som det är idag. Taxeringsvärdet alltså.

Nu är det så att jag tar de här dokumenten och lämnar till översättning.

Förresten, det fanns visst en summa pengar på banken. Där har också hans dotter tillgång till den summan så jag rekommenderar att du låter de ligga kvar, i alla fall så pass att du kan betala henne om hon visar sig, hennes namn står förstås i dokumenten.

Jag frågade hur Manolis vuxit upp och han sa att vi kan prata imorgon efter begravningen.

" Du kan räkna med att det tar hela dagen. Först blir det en kort vanlig gudstjänst i kapellet på kyrkogården med gravsättning och sen åker vi hem till mig, för jag har det största huset, så alla får plats. Vi har beställt tilltugg från en Delivery, Det betyder att du får träffa hela släkten men det blir mycket sorg. Irini vår fina lillasyster. Vi stod varandra nära fast vi sågs sällan. Det var mest mamma som pratade med henne när hon var i Sverige. Vi skickade sms.

" Var ska vi ses imorgon:

" Du kan vänta utanför Alphabank uppe vid triangeln, Chalidon, så plockar jag upp dig. Jag har en blå megan. Jag har några möten till idag så här på lördagen, därför är jag lite stressad. Hinner inte alltid med det jag ska. Vi ses imorgon vid 9-tiden.

Han gav mig en kindpuss och så försvann han ut i folkmängden.

Jag satt kvar en stund och bara försökte smälta allt som vi pratat om.

Undrade var Viola kunde vara. Var fanns hon. Så fort hon ringde skulle jag berätta om arvet. Hon måste visste att vi är kusiner.

Jag reste på mig till slut, funderade över vad jag skulle göra. Imorgon var det begravning och jag kanske måste köpa mig några svarta byxor och en skjorta i lite mörkare färger. Det var ju min syster som skulle begravas. Hur underligt lät inte detta. Hade just fått veta att kvinnan som satt och dog på planet var min syster och jag kunde inget göra åt det. Hade inte ens pratat med henne. Sorgligt.

Jag gick uppåt mot butikerna och gick in på första butik med herrkläder. En trevlig kille var mycket behjälplig och jag gick ut därifrån med vad jag behövde.

Kände att hungern trängde sig på och passerade just en liten taverna med några bord. Det satt en del äldre herrar vid varsitt bord. Jag skulle just slå mig ner när ägaren (förmodar jag) kom och bad mig följa med för att titta i grytorna.

Det var kul, och jag valde Juverlakia (köttbullar med ris, som en soppa)

Beställde en liten öl och det var väldigt gott.

Satt ganska länge kvar och iakttog de som kom och gick. Många kom och tog med sig mat. De flesta som satte sig för att äta var ensamma män. En måltid kostade 5 euro.

Gick in på nätet en stund, läste dagstidningen och svarade på en del mail.

Fick syn på ett mail från krim-Per.

Han undrade när jag skulle komma till Sverige för det rör på sig vad gäller avlyssningen av vår bostad. Jag blev naturligtvis nyfiken men bestämde mig för att inte engagera mig. Ingen idé.

Slog en signal till Alma, men.......inget svar.

Gick mot hotellet den övre vägen, genom gamla stan. Lite backigt, många trappor men jag hade inte gått mycket under dagen så det blev väl bra.

Köpte en kaffe och en glass på kaféet nära hotellet och tog med mig upp på rummet. Lämnade kassar och kamera m,m och gick ut på balkongen och satte mig.

Det hade varit massor med greker ute idag så det kändes ganska skönt att sitta där på balkongen med sig själv.

Inte så mycket hände den dagen mer än att Alma ringt och vi språkade lite om än det ena än det andra. Allt var bra hemma och det kändes väldigt skönt. Jag sa inget om att jag skulle på begravning imorgon.

Kvällen bestod av TV på datorn, sorterade en del fotografier och ner till närmaste taverna för något lättare kvällsmål.

Söndag

Mobilen ringde hysteriskt, kändes det som. Hur i allsin dagar sov jag så djupt. Hade somnat strax efter, tio kvällen innan.

Det var svårt att öppna ögonen och att sätta sig upp på sängkanten. Satt kvar ganska länge tills telefonen ringde.

" Kalimera, Alex.

" Kalimera," sa jag

". Kan vi ses om en timme. Jag plockar upp dig vid Alpha bank."

Det var Manolis.

Jag sa att det var perfekt, jag kommer dit.

Han la på och jag förstod att han hade mycket att stå i med den övriga familjen.

Hade en timme på mig så jag kokade lite kaffe. Fanns en vattenkokare och kaffe o mjölk i en liten vrå utanför rummen. Bra idé, behövdes inte så mycket mer. Men idag låg där också några croissant och en lapp : please take one..

Så det fick bli min frukost som jag intog på balkongen. Det var inte bara jag på hotellet men det var sällan eller aldrig någon som använde balkongen, varken under eller över mig.

Jag hade träffat Eftichis igår kväll o frågat honom om något större rum, kanske för familjen.

Så nu kom han upp på balkongen och sa att när jag fått i mig kaffet så kunde han visa mig en liten lägenhet som kanske skulle passa bra för familjen. Toppen.

Jag avslutade mitt kaffe på balkongen och gick in och tog en dusch. Hade precis klätt mig när telefonen ringde. Manolis, min bror.

Jag måste gå, skulle ta en kvart minst att gå till Alphabank.

Klev i skorna, som visserligen var putsade men de var inte så snygga men det fick ju duga. Hade inga andra.

Jag nästan ramlade ner för trappan och sprang på Eftichis, som visade mig lägenheten snabbt, som han rekommenderat och jag småsprang mot banken där jag såg Manolis på långt avstånd. Jag sprang lite fortare. Han öppnade dörren och jag klev in i bilen.

Han sa att vi var lite sena. Han berättade att Irini var brudklädd i sin öppna kista. Hon var ogift och då gör man så. Hon ska gifta sig med Gud.

Jag nickade bara och kommenterade inte det, vad fanns att säga.

Manolis körde ganska snabbt för att hinna i tid. Hon skulle begravas i den byn som våra farföräldrar var ifrån. Drapania. Där fanns en stor familjegrav.

Vi satt tysta hela vägen. Vi stannade vid ett bageri och Manolis hämtade en påse med ett slags bullar i som var inplastade en och en.

Vi åkte ca sju km till och jag såg kyrkan innan vi var framme. Det var inte så mycket folk, nog mest min familj som jag inte kände.

Jag tog påsen med bullarna och vi äntrade kyrkan. Manolis visade hur jag skulle göra med ljusen. Ett för jungfru Maria och ett för Irini. Svårt att förklara men där låg hon, i kistan klädd som brud. Min lilla dotter hade mycket av henne i utseendet. Jag kände hur tårarna brände innanför ögonlocken och trillade ner över kinden. Detta var väldigt, väldigt känslosamt. Min mamma satt längst fram tillsammans med Georgos och där var två lediga stolar för mig o Manolis. Vi slog oss ner. Det kom fram folk o hälsade på oss och sa något jag inte förstod.

Prästen kom ut från sitt altare och alla reste sig. Han sa något om Irini. Uppfattade hennes namn och sen var det tid för familjen att gå fram till kistan och ta farväl. Min mor böjde sig fram och kysste Irini på pannan men när hon skulle gå därifrån var hon nära att falla så vi sprang fram och fick tag i henne innan hon nådde golvet. Manolis och jag tog henne till sin stol och vi satte ner henne där. Hon grät syndafloder. Det var ju hennes dotter.

När alla tagit farväl hjälptes den manliga delen av familjen, inklusive mig, att bära ut kistan till ett litet kapell som stod i anslutning till kyrkogården. Där fick den vila en stund medan några vana grannar tog bort cementblocket på familje graven för att lämna plats åt Irini. Jag mådde nästan illa. Detta blev lite för makabert i mina ögon men jag måste skärpa till mig. Vi stod o pratade lite medan detta pågick och jag blev presenterad för en del släktingar. Det dom sa har jag inget minne av, jag bara tog i hand och sa mitt namn, eller hur det nu var. De blev för mycket. Min mamma hade tagit plats vid graven (hur orkade hon det) Jag sa till Manolis att jag måste dricka vatten och på så vis kunde jag dra mig undan en stund. Jag hittade en kran en bit bakom kyrkan. Jag tog en klunk och när jag vände mig om stod Viola där.

"	Men varifrån kom du."

"	Jag har varit här men håller mig lite åt sidan eftersom din far verkar benägen att få tag i mig.
Jag följer inte med till Manolis, tyvärr.
Men vad jag vill säga dig är att jag skulle gärna vilja ha tillgång till lill-stugan ibland så länge jag lever. Jag kommer inte att vara där mer än på sommar och kanske påsk och jul. Vi kan väl prata om det nästa gång vi ses. Och vi kan ses på banken så jag kan få ut mitt arv. Jag har ju varit där nästan varje sommar med din mor, Irini och Georgos. Om det är möjligt. Det är allt. Jag mailar till dig vid tillfälle. Ja och om det blir nån olja så vill jag gärna ha lite. Men jag skriver och sen tar vi det med Manolis vid tillfälle."

"	Men Viola, inte så bråttom. När vi bor där eller inte så är du så välkommen. Bra om du också är

118

där så är vi två som ser till det. Och olivolja, klart att du ska ha det. Men Viola, vi måste höras snart. Du kanske skaffar familj nån gång och vill ha din del. Vi ska prata med Manolis och göra något som är bra för oss båda. Hör av dig när det känns okey."

Hon gav mig en kram och försvann.

Jag drack mitt vatten och gick tillbaka till kapellet. Där var man nu klar med förberedelser för jordsättning. Jag stod en bit ifrån och iakttog det hela. Feghet eller, men för mig var detta något jag aldrig kunnat föreställa mig. Georgos höll i min mor så att hon inte skulle gå för nära den öppna graven. Kistan sänktes ner. När det var klart drog sig de flesta tillbaka medan locket till graven lades på. Mor stod kvar med Georgos och Manolis vid sin sida så jag sällade mig till dem. Vi höll om varandra. Mor grät och skrek om vartannat.

Vi stod så ett par minuter sen tog vi mor i armen och gick därifrån. Georgos ledde henne till bilen och de körde iväg.

Jag och Manolis tog brödet som blivit över och la i bilen och sen körde vi mot Chania. (brödet delades ut till de som kommit till begravningen)

Han bodde strax norr om Chania, i en fin villa av det större slaget. Han parkerade i sitt öppna garage. Mor och Georgos var redan där. Vi togs emot av Manolis svärmor som valt att stanna hemma för att passa barnbarnen. Manolis hade två barn. (Melina efter mormor.)

Melina var en stilig kvinna runt 60 kanske. Svärfar hade varit död en tid, förklarade Manolis. Vi steg in i huset som började med en stor möblerbar hall. Till höger stod en stor spegelgarderob där man kunde hänga av sig.

" Alex, du behöver inte ta av dig skorna, jag vet att man gör det i Sverige och vi också när vi är själva, men alla kommer att gå in med skorna idag."

Han såg att jag höll på att ta av mig skorna.

Manolis fru, Manuela ledde oss in i salongen där svärmor dukat upp lite kaffe med tillbehör på stora matbordet.

" Manuela välkomnade mig till deras hem och berättade att Manolis har väntat på detta möte i flera år. Hon sa att det var synd att det skulle ske i en så sorglig dag som denna. Jag tackade henne så mycket, tog för mig lite och satt mig ner. Kände mig inte så hungrig efter denna förmiddag. Min mamma och Georgos såg jag inte till. Hade sett deras bil utanför huset men de hade säkert gått undan en stund. Hur orkade hon med detta, men vad skulle hon göra.

Manolis kom och satte sig bredvid mig med en tallrik och presenterade alla runt omkring oss. De kom fram en och en och presenterade sig. Det var kusiner mest och en speciellt var väldigt lik mig, Panagiotis.. Vi kommenterade det båda två. Han berättade att hans yngste son hade samma hår som mig. Lockigt och bångstyrigt. Han var dessutom i min ålder. Vi bytte snabbt mobilnr.

Kändes som att vi skulle kunna ses med familjer senare.

De flesta var släktingar till Emanuela, inga släktingar på min mors sida samt en del få utvalda från min fars sida. Men visste verkligen min far ingenting. Han var eller hade varit på Kreta, sa Viola men hur kunde han inte veta.

Manolis avbröt och presenterade en kompis som han känt i många år.

Han sa att Harry var en av hans bästa vänner genom alla år och de hade till och med studerat till advokater ihop.

Jag sträckte fram handen och presenterade mig.

Jag lämnade dem att prata en stund.

Manolis undrade om vi skulle ses morgonen vid 14-tiden i Nea Chora för lunch och det tyckte jag lät bra.

Vår mor kom ut från ett av rummen.

"	Kära Alex o Manolis, har inte kunnat närvara idag(på engelska),jag förstår knappt det som hänt, jag tycker jag lever i en mardröm. Somnade direkt när vi kom hit. Vaknade och grät och somnade om.

Georgos och jag ska äta lite nu och sen åker vi hem. Georgos kom med en tallrik med lite mat till mamma och vi sa inte så mycket. Vad ska man säga........

Jag funderade över min far, skulle han inte veta om detta, han som förmodligen befann sig på Kreta.

Strax efter att mor o Georgos hade lämnat oss erbjöd sig Manolis att skjutsa hem mig till hotellet.
Jag tog emot erbjudandet och jag gick runt och tog farväl av alla med löfte om ett snart återseende.
Vi småpratade lite medan han startade motorn.
Manolis körde sakta genom stan som var nästan tom på bilar. Mycket folk på gator och torg.
Vi språkade inte mycket, tror att vi var trötta och ledsna.
"   Tack för skjutsen Manolis, hoppas att du kan koppla av lite ikväll. Vi ses imorgon."
"   Ja Alex, och hur blir det med dig efter denna dag. Om du behöver sällskap så slå en signal."
Jag tackade Manolis för omtanken. Kände bara att jag ville hem efter denna dag. Köpa något lätt att äta och sitta och titta ut över havet. Smälta dagens sorgliga begravning. Min lillasyster som jag aldrig träffat eller lärt känna.
Ringa till Alma och barnen.
Satte mig ner på min frukostrestaurang och tog in en stor stark och ringde till Alma.
Vi, förmodligen mest jag, pratade mer än en timme.
När vi avslutade samtalet hade jag druckit två öl och beställde en ny och lite lättare mat.
Jag kände mig totalt slut. Mycket som hänt dessa dagar, Jag orkade inte tänka utan lutade mig bara tillbaka och drack sakta ur min öl medan jag iakttog folk som gick hit och dit.

Min blick stannade vid något som jag inte kunde förklara vad det var. Jag var så trött så jag såg i syne. Jag trodde jag såg Viola och Johan, han reseledaren, tillsammans längre upp på gatan, på ett litet matställe.

Bestämde mig för att gå hem. Drack ur den sista droppen och gick sakta mot hotellet.

Släpade mig upp till mitt rum och la mig på sängen.

Vaknade av mobilen. Det var mörkt ute. Tog upp mobilen och såg att klockan var närmare midnatt.

" Hallå..."

" Hej, Alex, det är pappa."

Jag blev mållös, stängde av telefonen och la mig ner igen.

Måndag

Vaknade av en sprängande huvudvärk, sträckte ut armen mot sängbordet för att se på mobilen hur mycket klockan var, rev ner den, lampan och ett glas vatten och paddan på golvet.
Oh nej.....studsade närapå upp ur sängen för att ta reda på röran, som tur var hade varken mobilen eller plattan blivit blöta.
Hämtade en handduk och torkade upp det mesta av vattnet. Hade sovit i nästan tolv timmar. Men jag kände mig inte utvilad. Klädde mig snabbt, borstade tänderna, tog en alvedon och nästan åkte kana ner för trapporna och satte mig på "mitt" lokalcafe´.
Automatiskt serverades frukost och jag kastade i mig första koppen kaffe för att beställa en till.
Slog en signal till Alma som inte svarade, lämnade ett meddelande och lade på.

Under tiden i Arboga

Alma hade småstartat med sitt SPA. Hon tittade på klockan och gjorde iordning för behandling.

Hon hade varit nere i sin studio och städat lite. Ställt in lite färska blommor och fyllde på med några vegetariska kakor och en kanna med citronvatten.

Lagt i en tvätt med handdukar och nu skulle första kunden snart komma.

Elsa, som hyrt ett rum för medicinsk fotvård, var redan igång.

Hon hälsade tyst på henne.

Ett rum var uthyrd för yoga och det var några stycken som bokat sig kontinuerlig. Men det fanns också några som hyrde lite mer sporadiskt.

Det har även hyrts av privata som vill ha en fest eller en föreläsning. Ett mingel party har hållits och en konstnär ville ställa ut till hösten en månad. Intressant.

Kunden satt i väntrummet och Alma hämtade henne.

" Godmorgon."

" Godmorgon," sa kunden som visade sig vara en man.

Alma tittade på namnet och såg att det var Jannis, och inte Jane, som hon trott.

Hon bad honom stiga in och ta av sig på överkroppen. Alma tittade igenom hans bokning och det var bokat en halvkropp.

Hon pustade ut lite, men hon bad honom lägga sig på mage och inledde massagen.

Det var en normal massage på 45 min. Ingen kommunikation alls. Mannen var väldigt tyst och svarade bara på direkta frågor.

Han ville ha ordentlig massage runt nacken och det förstod jag. Han var väldigt spänd just där. Inget ovanligt, många lider av stel nacke.

Han betalade och tackade för sig och gick. Min nya kund skulle komma om en kvart. Det var fullt idag och mormor skulle hjälpa till med hämtning av barnen.

Alma bytte handdukar o lade på nytt, gick ut i väntrummet och välkomnade sin nya fasta kund:

Per Karlsson "Krim-Per".

Hon stängde dörren efter sig.

" Hej Alma, sa han medan han tog av sig skjortan. Han la sig på magen och Alma smörjde in ryggen.

" Hej Per.

" Har är läget, har du hört nåt nytt från Alex.

" Vi pratar varje dag och han verkar ganska trött. mycket intryck, tror jag. Men det nya är väl att han var på begravning av sin syster, som dog på planet, och träffade så gott som hela släkten.

" på sin fars sida, eller...... oj oj nu får du sluta klämma den där muskeln, gör väldigt ont.

" Ha ha okey. Alex har sin mor på Kreta. Hon har en grekisk sambo sen många år. Och sen sa *han att han trodde att hans far var på Kreta och sent igår kväll fick han ett samtal från sin far men Alex la på, han var för trött för att sätta igång ett samtal. Idag har vi inte pratat men jag har varit upptagen hela morgonen så jag ska ringa sen vid lunchen."*

" Jaha, men jag har hört en del om Irini som verkar lite besynnerligt. Hon bodde ju i Köping, inneboende hos en Tomas Bergström, efter att hennes moster Eloni blivit mördad. Är inte det konstigt att hon inte visste om Alex.

" Nej, jag tror inte det är konstigt för det hade nog med Alex pappa, Andreas att göra. Alla visste nog att han inte var en bra person som misshandlade Alex mamma så att hon var tvungen att lämna allt. Eloni hade säkert inte sagt något. Hon visste hur Andreas var och ville inte att han skulle få reda på något som hade med hennes syster att göra.

Nu är vi klara, Per så du kan resa på dig, vill du ha ett glas vatten?"

" Ja tack, men nu är det också Viola som du nämnde härförleden. Vad spelar hon för roll..."

" Ja Per, jag vet inte men om du vill, kom över ikväll när barnen har somnat så kan vi ringa till Alex och få lite detaljer.

" Okey, Alma, tack ska du ha, känns bättre och bättre nu efter några massagepass.   Vi ses kanske ikväll, jag jobbar, annars ses vi nästa måndag igen.

Per klädde sig och gav sig iväg.

Alma samlade ihop och bäddade upp nytt.

Nu var hon ledig en timme drygt och skulle uträtta några ärenden. Nästa kund, som var helt ny var bokad efter lunch.

Hon slängde på sig sin jacka, släckte ner, hejade på fotvårdaren och gick ut till bilen, hoppade snabbt in och körde iväg. Gick på banken,
apoteket och handlade till sin mor på ICA.

Hon gick till bilen, låste upp och körde hem till sin mor som hade lite lunch färdig.

Det var trevligt att kunna träffas så här och äta tillsammans och samspråka. Och framför allt att hon slapp laga mat.   Kvällsmat var nästan klart hemma, det fick bli rester från igår.

" Mamma, idag hade jag besök av Krim-Per, han kommer och får massage varje måndag och vi pratar lite om allt som hänt. Om det är nåt nytt från Alex eller nåt annat som hänt. Ganska skönt faktiskt ett prata med någon som är på sätt och vis involverad. Någon att bolla med.`

Avbrott för samtal från Alex

Det surrade i fickan och hon tittade på mobilen.
"   Alex, hej min käre make, hur har du det.
"   Det är bra, ska snart träffa min bror Manolis, häftigt ,va. Att jag har en bror, liksom. Var är du."
"   Jag är hos din svärmor och avnjuter en god lunch, hon hälsar. Barnen mår bra och är naturligtvis i skolan, Mamma ska hämta idag för jag har en sén kund.
"   Det låter bra, jag längtar efter er allihop, även svärmor. Nu ser jag Manolis så vi hörs senare.....
" Ja det gör vi, puss o kram."

`Alma och hennes mor intog resten av måltiden i tysthet.

" Alma, hur mår du egentligen,

Alma och hennes mor svamlade fram och tillbaka utan att komma fram till något resultat så efter ett tag gav de upp och dukade av bordet.

Alma drog sig tillbaka till studion för en väntande kund. En för henne okänd kund som hade fått ett presentkort hos henne av Isabella.

Alma kom ihåg att Isabella hade köpt ett presentkort men det var precis i början av säsongen. Visserligen inte så länge sedan men vem kunde det vara. Isabella hade inte sagt vem hon gett det till.

Det var ca tio minuter till dess. Alma satte sig ner och bläddrade i en tidning då dörren öppnades till väntrummet och in kom en man.

Svart långt hår och mustasch. Han påminde mig om någon men kom inte på direkt vem.

" Välkommen. Varsågod att häng av dig jackan där.

Hon pekade på klädhängaren vid väggen och tittade igenom sin bokning. Halv kropps massage.

" Sen kan du ta av dig på överkroppen och lägga dig på bänken. Om jag får be om ditt namn också.

Han andades tungt och svaret dröjde men till slut.

" Men det är ju jag, Claes."

Alma tappade tidningen i golvet av pur häpnad och drog ihop sig liksom och ålade sig in i ryggslutet på soffan där hon satt. Hon kände igen honom direkt utan att behöva tänka. Hans ögon.

"   Alma, var inte rädd, jag vet att jag deklarerats försvunnen och död i Spanien och det var ett måste för att jag skulle kunna lösa ett fall som jag var inblandad i."

"   Jamen Claes, du har hittats död!"

"   Det var ett scenarie som jag arrangerade för att få vara ifred. Det låter inte klokt men nu är jag här för att reda ut saker och ting. Skulle aldrig komma på tanken att göra dig och familjen något ont. Kan du lita på mig. Jag känner Isabella och hon bokade denna till mig för att det var det enda sättet att få kontakt."

De gick in i massagerummet och satte sig på varsin stol. Alma var fortfarande chockad så Claes började prata.

"   Alma, vill bara säga att vi mår bra, både jag, Berit och barnen. Jag har kontakter och vet var Alex är och att han har träffat sin mor och en halvbror och att han har en syster som tyvärr dog på flyget. Allt detta får jag information om av Tomas Bergström. Vet du vem det är?

"   Jag tror att Alex vet vem det är men vi har inte pratat så mycket om detta på telefon, vi tänkte ta det när han kommer hem. Men kan jag verkligen lita på dig? För jag har sett dig komma hit och leta efteråt i vår rabatt. Jag hittade det du letade efter, ditt ID-kort. Hur förklarar du det?

"   För det första så är vi Bergström en stor familj på Alex's mamma,s sida. Jag tror att du också är en Bergström. Men det är så långt tillbaka i tiden så jag förstår inte riktigt att det har blivit ett ämne just nu men det ska vi gå in på senare. Vi flyttade över en natt, hyrde en lägenhet på främmande ort och höll oss borta ett tag. Barnen tyckte det var lite konstigt men det var det ända vi kunde göra. Sen kom jag hit ett par ggr för att leta efter en telefon jag tappat som jag trodde låg utanför er. Tappade också mitt ID, därför kom jag tillbaka för att leta efter det. Jag var hela tiden så frustrerad. Jag vet att du såg mig, jag smög mig bort bakom en buske och såg dig när du letade efter vad jag letat efter."

"   Och jag hittade det."
Han drog på munnen lite och Alma också. Det gick inte att undvika. Han fortsatte.

" Sen kom jag inte tillbaka någon mer gång, jag tänkte att du skulle ha någon som vaktade och nästa gång så skulle de ta in mig.

" Okey då, Men varför allt detta, varför avlyssning av vårt hem, Claes, det var så hemskt. Vad sökte du efter, Vem pressade dig, vem ville vad av oss, vad har vi gjort som är så konstigt."

"   Ja du, det har bott en kille i ert hus innan som var knark-kurir och han deklarerade att han bodde kvar i huset efter att ni köpt det."

"   Men hur kunde det vara möjligt och kände du honom?"

"   Det gjorde jag inte, men han hittade mig och gjorde utpressning mot mig och min familj.
Så jag gjorde det han bad om."

"   Men var har ni varit nu, var har ni bott.

"   Vi har bott i Spanien den här tiden, barnen har gått i svensk skola och vi fick lite nya namn så det har gudbevars var lugnt. Jag har farit hit och dit för att hitta en lösning.

Han tog upp sin legitimation och gav den till mig. Jag läste högt: Claes Bergström-Sanders Underrättelsetjänsten...... m,m

" Men har du två ID-handlingar?"

". På sätt och vis. Den ena är jag privat. Den som du hittade. Nog om det.   Vi har lyckats få tag i denna knark-kurir och fler därtill men hotet kvarstår och vi har inte förstått riktigt från var det kommer.

Vi har hyrt ut till några av våra internationella vänner som var i behov av bostad och som letar hus här i omgivningen. Vi kommer att vara borta ett år framåt. Jag är här nu inkognito och från mitt jobb här har jag fått tjänstledigt. Jag har verkligen lidit av denna situation och vad vi gjort mot er men i mitt yrke är det nästan omöjligt att inte råka i konflikt med antingen vänner eller ännu värre, släkt."

"   Det var verkligen en historia utan like, i alla fall för mig. Men är det officiellt nu att du jobbar i underrättelsetjänsten."

" Nej Alma, bara för dig, Alex, Isabella och Pierre, för alla andra är jag bara en vanlig datakonsult, vilket jag har utbildning för, så det är ingen falsk titel. Jag förstår att du är fundersam och inte är

riktigt bekväm med det jag just berättat och det kan jag förstå.
Du får gärna kontakta Krim-Per för han kan verifiera det jag nu har berättat."
Alma var verkligen lite misstrogen. Hon gav tillbaka ID-kortet och tog Claes i hand när han gick men inte med samma känsla hon tidigare känt i sitt förhållande till honom. Han stängde dörren efter sig.
Alma tittade ut genom källarfönstret och såg Alex gå till sitt hus som var demolerat.
Hon försökte smälta allt det hon fått höra här och nu men det var inte lätt. Det skulle ta tid innan allt hamnade på plats. Hon satt kvar på sin stol tills deras tid hade gått ut. Hon försökte fokusera på vad som sagts men det var för mycket att ta in.
Det knackade på dörren och hon hoppade till.
" Kom in."
" Hej, Alma , skrämde jag dig."
Det var Isabella.
" Hej, jag måste förbereda för nästa kund, jag är sén. kan vi prata senare.
" Ja, absolut."
Alma tittade i sin almanacka och det visade sig att hon hade ingen kund förrän om en halvtimme. Hon gick ut ur rummet och gick bort till väntrummet. Där satt Isabella och läste en tidning.
" Isabella, vad är det frågan om."
Isabella suckade och började berätta:
" Det som Claes nu har sagt är sant. Jag är också i den branschen som honom, utan att behöva

säga mer, okey. Det är väldigt svårt när man träffar människor som dig och Alex. Sådana vänner som man nästan väntat hela livet på att få ha. Som det funkar med, liksom. Om du förstår vad jag menar."

" Ja, det förstår jag verkligen. det är därför denna information är för mycket. Jag måste bearbeta det. För oss har både Claes/ Berit och du och Pierre varit så självklara."

Med dom har vi haft en sån bra relation och nu känns det som att något magiskt har brutits sönder. Som måste lappas och lagas innan det kan kännas som vanligt igen."

" Jag förstår dig. Alma. Hoppas att du ger oss chansen att reparera denna skada och att vi någonstans kan lappa ihop det trasiga och bli hela tillsammans igen. Om du vill att vi ska fortsätta att vara riktiga vänner som förut så ger jag/vi dig all tid du och Alex behöver. Vi har hyrt huset för ett år framåt och letar hus här i omgivningen. Ni får fråga vad ni vill och vi ska försöka att svara så ärligt och uppriktigt vi kan, utifrån vad våra yrken tillåter. Jag tycker också att du ska ta upp detta med Krim-Per när han kommer på nästa massage. Ta den här veckan och låt det smälta. Jag vill så gärna ha dig och din familj som bästa vänner. Det inkluderar också Claes/Berit. Jag har en kund nu. Isabella gav Alma en kram, men Alma besvarade den med en viss kyla.

De skildes åt och Alma gick för att ta emot nästa
kund som var en ständigt återkommande kvinna i
övre medelåldern; hennes mor.

Tillbaka på Kreta

Efter frukosten gick Alex upp på rummet och sov till klockan var närmare två. Han tog en titt på sin mobil och såg att Manolis hade ringt och Alma hade lämnat ett meddelande. Han ringde till Manolis och de bestämde att äta lunch på Kouzina E.P.E om en dryg halvtimme.

Alex klädde sig snabbt och gick ut från rummet, sprang nästan på Eftichis nickade bara och fortsatte snabbt inåt stan. Han hade inte tid just nu med något annat.

I farten skickade han ett meddelande till Alma om det var något viktigt eller om hon kunde ringa om drygt en timma.

Svaret kom ganska omgående. Han läste: `Jag har en del att berätta men det är inte akut, puss o kram.`

Alex passerade just cafeét "Den röda cykeln".

Han tittade på klockan men kom på att han var i Grekland. Vem passar tiden, liksom.

Han saktade ner farten och promenerade i normal takt. Det var fint väder och en del turister hade anlänt, det var mycket folk i farten.

Manolis satt redan på restaurangen. Han satt längst in i hörnet och samspråkade med en kvinna jag tyckte mig känna igen.

Just framme vid bordet såg jag att det var Viola.

De reste sig och hälsade. Manolis tog till orda.

"   Alex, Viola ringde mig igår kväll och när hon fick höra att vi skulle ses idag så ville hon gärna följa med. Det var väl en bra idé."

"   Ja, verkligen, för vi sågs på begravningen och du var tvungen att gå för du trodde att min far visste var jag fanns, sa du och så försvann du. Har undrat mycket över denna nyhet, att du är Carlos dotter. " Har fått så många släktingar. Alex slog sig ner bredvid Viola.

Manolis beställde lite olika rätter som vi kunde dela på.

Servitören kom med dricka och bröd och samtalet kunde börja.

Jag sa naturligtvis inget om att jag sett Viola och Tomas tillsammans.

"   Ja, Alex, jag har inte vetat om dig så länge. Det var Manolis som kontaktade mig eftersom vi har setts varje sommar på Kreta. Jag har fortsatt att komma hit varje år även som vuxen och då har vi setts en del. Jag har då bott i den s.k lillstugan ibland eller i stora huset. Därför tog Manolis kontakt för jag visste inte om jag skulle kunna vara där efter att ny ägare tagit över. Vi visste att vår far, din farbror skulle ta över för att sköta detta. Din farbror tyckte att du blivit så orättvist behandlad. Men nu som det blivit så kommer vi att ses med jämna mellanrum. Jag måste säga att det gläder mig verkligen."

Maten serverades och vi intog vår måltid med lite småprat och det var fantastisk gott som vanligt.

"   Alex, nu ska vi prata lite om testamentet. Din syster Irini hade ingen familj och det innebär att du är ägare. Viola ska ha sin del och hon ska ha en del av kapitalet på banken enligt testamentet"
Har du varit på banken."
"   Ja det har jag och bankmannen sa att jag måste skaffa bevis på vem Irini Bofakis är.
Är det möjligt att du kan ordna det eftersom hon inte är i livet.
"   Javisst, det kan jag ordna och förmodligen imorgon. Då gör vi så att ni kommer till mig imorgon vid två-tiden då förhoppningsvis allt är klart så får du alla dokument av mig. Blir det bra?"
Jag och Viola nickade som svar. Skönt att få det gjort.
"   Bra. Jag har en kund nu jag måste träffa.
Ni får ha en trevlig dag, vi ses imorgon."
Viola tittade på mig med glädje i blicken och Manolis gav sig iväg. Satt där med min kusin och byggde planer för framtiden.
"   Alex, jag tycker att vi lämnar och går ner i hamnen och fikar. Det är för fint väder för att sitta inne.
Jag höll fullständigt med och vi bad om notan som naturligtvis redan var betald av Manolis.
Så typiskt grekiskt.
Vi reste oss och gick ut i den fina vårsolen. Vi gick tysta, sida vid sida, neråt hamnen.   Det var fantastiskt vackert. Många lyxiga båtar hade lagt till. En del var för uthyrning, med kapten förstås, medan andra var privata. Det var inga simpla

fiskebåtar precis, som förr i tiden, utan riktiga lyxbåtar. Från England, Frankrike och en från Israel. Hade aldrig i hela mitt liv sett sådana lyxbåtar.

" Alex, här blir väl bra att vi slår oss ner".

Hon valde ett café som låg på piren och varifrån man kunde skåda hela hamnen. Chania-hamnen var väldigt vacker med sina gamla hus i olika färger. Viola beställde varsin "Espresso Freddo".

" Alex, har du aldrig hört talas om mig."

" Nej, Viola, faktiskt inte. Visst är det tragiskt."

" Jag har faktiskt vetat om dig genom samtal jag snappat upp från min far. Han har pratat med någon på telefon men jag vet inte vem."

En gång, kommer jag ihåg, sa han att Eloni varit i Sverige för att se hur Alex hade det. Kanske pratade han med henne eller din mor.

" Ja så var det, hördes en röst bakom dem och Alex vände sig om och där stod hans far.

Alex reste sig så stolen välte och var på väg att ge sig på honom men blev stoppad av Viola.

" Jag förstår att du är arg, kan jag slå mig ner så vi kan prata lite."

Utan att få svar satte han sig på stolen jämte Viola, det var nog bäst det, och jag darrade av frustration och raseri. Satt tyst medan min far och Viola pratade. Var tvungen att lugna ner mig. Jag som varit så lycklig över att huset skulle vara vårat, träffat en kusin och en bror och det som hänt sista tiden innan jag åkte, hade liksom lagt sig lite tillrätta i bakhuvudet för att göra plats för mer trevliga upplevelser.

Alex såg att Viola och Andreas prata men hörde liksom ingenting utan bara såg läpparna som rörde sig.

" Ursäkta mig, avbröt han, jag tar en promenad runt kvarteret för detta var lite i överkant för mig. Sitt kvar, jag är snart tillbaka. "

Alex gick, skakade på huvudet. Tog några djupa andetag. Han slog en signal till Alma som inte svarade och gick sakta runt några hus och vände tillbaka till cafèet. Viola och far var kvar och såg frustrerade ut. De befann sig i ett stressat samtal, såg det ut som, men när jag närmade mig slutade konversationen abrupt.

" Vad hände, kommer jag och stör eller kan ni kanske dela med er av vad ni just diskuterade."

De tittade på varandra och sen på mig. Far började.

" Alex, det finns inget försvar för mina handlingar, jag var en fruktansvärd person.

" Och nu när du har kommit hit så tror du att ett förlåt kan räcka för att vi, eller åtminstone jag, ska glömma och gå vidare som om inget har hänt. Jag var 5 år, nästan skrek jag, och min mor gick ut och kom aldrig tillbaka för att DU! hade misshandlat henne. Alltså, du ska vara glad att jag inte hoppar på dig här och nu.."

En del gäster vände sig om och blickarna föll på Alex. Han var nära bristningsgränsen.

Viola såg helt förskräck ut och försökte lugna Alex lite.

"   Men Alex, lugna dig, folk runt omkring undrar nog vad som händer."

"   Vad vill du att jag ska göra, Alex.

"   Jag vill att du ska försvinna ur mitt liv tills jag känner att JAG är redo, och lämna oss/mig ifred och sluta att jaga min mor. Hon har haft nog och behöver vara lycklig så länge hon lever.

"   Okey, Alex, då går jag, och ni får höra av er, om ni vill och på era villkor. Jag åker tillbaka till Sverige i morgon. Hälsa din mor att jag tänker inte störa henne på något vis. Jag åker inte till Sverige själv utan har hittat en kvinna som är från Kreta som vill dela livet med mig, tack för kaffet. Och jag har skrivit på skilsmässohandlingen så du kan ge det till din mor. "

Han slängde pappret på bordet och lämnade direkt.

"   Alex, jag undrar vad den kvinnan han träffat ska stå ut med."

"   Ja du Viola, det undrar jag med men hur ska man handla då. Är han likadan fortfarande en våldsman

eller har han ändrat sig. Jag vill i alla fall inte ha någonting med honom att göra. Men om det är okey att fråga vad ni pratade om när jag kom tillbaka.

"   Vi, eller jag, skällde på honom för att han behandlat din mor som han gjorde. Sa också att vi alla visste vad han hade gjort och därför hade din mor varit skyddad för hans terror. Och varför tog han inte hand om dig istället för att jaga din mor. Jag var honom inte nådig."

Jag tog dokumentet han lämnat och stoppade ner i min väska.

" Nu lämnar vi honom till sitt öde och jag vill veta lite mer om dig, Viola."

Jag beställde in mera kaffe och varsin glass, för att kyla ner oss lite. Vi lutade oss tillbaka, jag tog ett djupt andetag.

Viola började berätta:

" Jag, mor och far bodde i Nora i många år. Men sen försvann min far när jag var ca 9 år. Då hade din mor flyttat till Grekland och eftersom hon och min mamma, Astrid, var så tajta vänner så flyttade vi också till Grekland och fick vi bo hos Lisa i Aten i nästan ett års tid. Den Lisa som Alma och hennes mamma bott hos när de flydde från Elliot och Kreta. Hon var en ganska kort, tunn tjej med riktigt svart kort tjockt hår som spretade åt alla håll. Ibland blev hon galen av sitt hår och sa att hon skulle raka hela huvudet. Men istället lät hon det växa när hon blev lite äldre och satte upp håret och trivdes bättre med det. Hon hade en dotter som heter Dimitra.

Min mor beslutade sig för att vi skulle bo i Grekland medan din mamma bodde på Kreta. Mamma fick kontakt med min far och han hade ärvt ett bostadshus i Aten. Jag och mamma var välkomna att bo där. Det var en väldigt liten lägenhet med bara ett sovrum. Jag trivdes bra och hade börjat skolan där. Hittade kompisar direkt och grekiskan fick jag plugga lite extra på eftermiddagarna.

Mamma fick syn på en annons om en butikslokal i samma hus och kontaktade hyresvärden. Hon frågade om hon kunde få "hyra" den utan avgift, ha ha, hur låter det liksom, men hon sa att hon skulle ställa iordning den åt honom. Måla, laga det som var trasigt och göra den som ny. Hon ville ha 6 månader på sig och sen skulle hon börja betala hyra. Sagt och gjort. Tiggde lite färg här och där som blivit över och andra grejer hon behövde. Efter en månad öppnade hon ett litet bok-café. Lokalen var så beskaffad att hon kunde bedriva barnomsorg där i ett intilliggande stort rum med WC och dusch. Hon kontaktade rätt personer och fick tillstånd för ett år. Ibland var det upp till sju dagbarn i åldrarna tre till sex år. Verksamheten var från nio till två. Efter lunch, som vi gjorde tillsammans med barnen, så blev de hämtade. Där lekte vi ofta. Jag har fortfarande kontakt med en del av dom."

Jag lyssnade andäktigt medan jag kände den kalla glassen glida ner i strupen och kyla ner min sargade själ och fick mig att gå ner i ett lugnare läge för att fortsätta att lyssna på Violás berättelse. Hon hade en väldigt fin berättar röst.

" Väldigt god glass, Alex, som en smekning i strupen. Nå vars, fiket hade öppet varje dag och det fanns totalt sex små bord. Var fick hon dom ifrån, har glömt att fråga. Böcker hade hon hur många som helst och de klädde hon nästan väggarna med. Bakade gjorde hon tillsammans med en granne. De serverade bara grekiskt kaffe och Neskaffe samt lite apelsinjuice om hon hittade billiga apelsiner på marknaden. Vår marknad hölls *på parallellgatan och där hade vi ett stående bord varje lördag.*

Kakor och lite smörgåsar erbjöds också, allt hembakat. De sålde även färskt bröd två dagar i veckan. Jag tillbringade mycket tid på det fiket. Ibland hjälpte jag till med att duka av men bara om jag ville. Jag var ju bara 9 år när pappa försvann, så det blev som ett andra hem. Eftermiddagarna var jag hos mor på fiket och på kvällen var jag hemma hos Lisa medan mamma jobbade. Hon höll bara öppet till nio på kvällarna så det var okey. Efter sex månader började mor betala hyran och i samma veva fick hon ett erbjudande från samma hyresvärd om en liten lägenhet i samma hus men porten bredvid Lisa.

Jag kommer ihåg när vi gick dit för att titta. Den var så bra planerad så jag kunde få eget rum. Men den var väldigt nersliten.

Vi flyttade ganska omgående från min pappas lägenhet och mamma fixade och målade så den blev som ny.

Vi har inte haft sån tur med fäder, om man får säga så. Min pappa, din farbror var ganska bra men han hade också sina demoner. Jag tror att både din och min pappa hade en väldigt dålig barndom med mycket våld. Kommer ihåg när jag var kanske tio år. Pappa pratade med någon i telefonen och jag hörde honom säga att han skulle döda sin far, vår farfar, om han så mycket som vågade närma sig hans familj."

Men, åter till Aten. Vi kunde då hjälpa Lisa med hennes dotter. Dimitras pappa hade lämnat redan innan hon var född. Jag blev äldre och kunde passa Dimitra lite och som hon blev äldre så blev hennes hem också på fiket.

Min mor hade då fått tillgång till ytterligare ett rum som låg i anslutning till fiket och där blev det några bord till men också en extra barnhörna som inte var vanligt på den tiden. Det blev samlingspunkt för fikande mödrar och deras barn. Sedermera ordnades även barnkalas där. "

" Orkar du höra mer, Alex?"

" Vi kan ta en paus och titta oss omkring lite, sen vill jag gärna höra fortsättningen och vad du gör idag, jobb osv."

Vi satt tysta en liten stund och bara ägnade oss åt att njuta av det fina vädret, kaffet som aldrig tog slut och känslan av en viss samhörighet trots att livet först nu fört oss samman.

" Viola, fortsätt gärna."

" Men sen är det din tur.”

" Jag växte upp, gick i skolan som låg i närheten. Mor skickade mig till Kreta varje sommar och där lekte jag med Manolis och Irini i Livadia. Min far Carlos kom också ner och vi hade en fin kontakt trots att han lämnat mor ensam med mig. Men han hade alltid betalat för mig. Semester med mor existerade inte mer än två veckor i augusti. Då stängde mamma och vi åkte iväg till en väns hus vid kusten och fick sola och bada hela dagarna. Det var fantastiskt. Men en dag var min mor hos läkaren och fick veta att hon hade cancer. Hon var för sjuk för att behandlas. Därför hade hon haft så ont och var jämt trött sista halvåret. Hon trodde hon hade arbetat för mycket. Efter det beskedet så kontaktade hon din moster Eloni som kom ner och hjälpte till tiden innan mor dog. Jag var då tretton år. Vi hade avslutat barnverksamheten men behöll cafeét och barnhörnan. Eloni flyttade in med mig och pappa kom och hälsade på minst en gång i veckan. Jag och Eloni bodde där och ibland åkte vi upp till Sverige för att se hur du hade det."

" Men vem var det som gav små lappar till min son Matheus."
" Det var din moster."

148

" Jag utbildade mig till barnpedagog och fick jobb direkt efter utbildningen. Det var nära, så jag kunde bo kvar hemma. Jag har haft en del förhållanden men det flöt ut i sanden. Jag och Eloni gjorde om lägenheten till att jag fick egen ingång till mitt rum och vi delade badrum som låg emellan våra rum. Utmärkt. Och vi hade gemensamt kök och livet fortsatte. Jag fick vetskap om dig ,som sagt, för ett år sedan kanske. Då Eloni pratade med din mamma på telefon. Men jag vågade inte fråga så mycket så det fick vila vid det. Sen for Eloni till Sverige och där var hon med din syster Irini som då studerade i Sverige. Men sen dog ju Eloni och Irini bodde lite hos Tomas innan hon gav sig av till Grekland. Så tragisk historia. Vi sågs bara någon enstaka gång.

Jag lämnade sedermera min bostad och lokalen som min mor hyrt och fick en lite större lägenhet i min fars hyreshus.

Nu jobbar jag i ett par skolor i Aten som jag pendlar emellan och det är ett fantastiskt jobb. Tog körkort för fem år sedan och köpte en liten bil som Eloni kunde låna ibland. Jag har det bra, måste jag säga."

" Alex, nu är det din tur, please."
" Beklagar verkligen att din mor dog. Sorgligt."
Alex började sin berättelse:

" Vad ska jag säga. Efter att min mor lämnat oss var jag som sagt med min farmor. Hon var ju mitt allt till den dag hon dog. Min far hörde vi inget ifrån, vi levde på farmors pension och en slant som min far satte in på ett konto varje månad. Inga stora belopp men vi klarade oss.
Jag bodde i Hammarbyhöjden och gick i skolan där och i Björkhagen. Min barndom var lugn, men jag undrade naturligtvis över varför min mor lämnat mig. Ibland var jag riktigt arg på henne. Jag utbildade mig som journalist och fotograf. Det är det jag jobbar med idag. Fick jobb på försvaret i Arboga och pendlade i början men flyttade dit och trivs verkligen bra. En härlig liten stad. Det var så jag hamnade i Arboga. Träffade min Alma hos en kompis i Stockholm och vi köpte hus i Medåker. Frilansar på tidningar i omgivningen. Vi har två barn, Matheus 7 år och Irma 5 år.
Hittade vårt drömhus och Alma är massör och har några rum i undervåningen som just nu fungerar som litet Spa där andra hyr in sig. Fotvård, yoga andra massörer. Låter som ett CV referat."

Viola, jag är trött. Hur är det med dig. Vi har suttit här i drygt två timmar, vad tycker du."
" Jo det tycker nog jag med, men vi byter mob.nr nu så vi har varandra. För det är väl nu det börjar, våra kusinliv.
"   Ja, det gör väl det. Men vi ses imorgon hos Manolis.   Äntligen har jag nån släkting som jag kan bråka och språka med."

De kramades och gjorde sällskap till Remezzo där
Viola skulle träffa en kompis. Jag fortsatte längs
kajen mot mitt hotell och gick upp direkt på
rummet, kastade mig på sängen och började
gråta. Det hade varit en underbar, svår,
känslomässig dag. Sömnen tog över.

Tisdag

Det var sopbilen som väckte mig vid femtiden.
Ett tungt uppvaknande, undrade nästan var jag befann mig. Kände mig så tung i hela kroppen så jag visste inte hur jag skulle komma upp ur sängen. Stängde ögonen en liten stund för att samla kraft. Efter en stund tog jag sats och satte mig upp, gick in i badrummet och klädde av mig och satte på vattnet i duschen. Vaknade av det kalla silande vattnet som nådde min bara kropp. Sen kopplade jag på varmvatten och det var som en omfamning och jag kände en otrolig saknad efter Alma. Stod länge och njöt i duschen.
Jag drog mig nästan ofrivilligt ur badrummet och torkade mig snabbt. Tog på mig mina mjukisar och gick ut i hallen och hällde upp en kopp kaffe. Tog den croissant som var kvar sen gårdagen.
In på rummet och på med datorn. Fortsatte mitt eviga sökandet efter Bergström. Ägnade mig åt det i mer än en timme. Det enda som jag fick fram var om Tomas. Han var någonstans kopplad till polismakten fast han inte var aktiv inom polisen. Vad nu det kunde betyda. Gick ut och fyllde på med mer kaffe. Fortsatte mitt sökande tills kaffet var uppdrucket. Stängde ner datorn.

Flyttade mig till sängen och tänkte igenom det jag fått fram. Tomas var inte att lita på, det förstod jag. Lutade mig tillbaka och tittade i taket. Somnade och vaknade av röster utanför dörren. Hade lagt fram kläder, en ny skjorta som Alma skickat med, i min favoritfärg, orange.

Till det hade jag valt mina favoritshorts i beige och sandaler som jag köpt häromdagen.

Tog med mig datorn och gick ner till mitt fik. Frukosten kom på bordet nästan direkt. Det var i sista minuten så det var inte mycket folk så här sent på förmiddagen. Öppnade datorn och började titta igenom mina foton som jag tagit här på Kreta. Det som jag ägnade mig mest åt var huset. Kunde inte riktigt förstå att det i princip var mitt. Blev avbruten av mobilen.... Alma.

" Godmorgon Alma, du är saknad. I morse blev jag nästan sjuk av saknad. Hur mår du, mitt hjärta.

" Har mycket att berätta, har du tid att lyssna. Vill bara säga att min mor och barnen mår alldeles utmärkt. Matheus var lite febrig i förrgår och stannade hemma men idag ville han gå till skolan. Feberfri, naturligtvis.

Lyssna nu noga. Claes lever."

" Va, men ?"

" Så här är det, och det är konfidentiellt"

Han jobbar åt säkerhetspolisen och hos oss var det en knarklangare skriven även sen vi flyttat in. Därför blev det som det blev. De kommer att vara borta i ett år. Pierre och Isabella är också inom den branschen. Men det är bara du, jag och krim-

Per som vet det. Deras officiella vardag är Datakonsult och Hälsovård. Precis som Claes och Berit. De letar hus i området. Under tiden hyr de av Clas och Berit. De har hittat knarklangaren och strukit honom från vår adress och allt ska väl bli som förut.

"   Men hur träffade du honom."

" Ja du, ha ha, det var också en konstig händelse. Isabella bokade en tid hos mig för en `kompis'` till henne. Jag visste ingenting. Höll på att svimma när jag fick se honom. Nu har jag en kund, Alex. Kan vi höras senare, ikväll kanske. På FaceTime-nattetid, puss,puss, puss, älskar dig, saknar dig."

"   Jag lider av längtan, ikväll, randevou. puss o kram."

Oj Oj Oj hur ska denna dagen passera. Hade bestämt träff med min älskarinna i natt, min hustru, min bästa vän. Känns pirrigt.

" Do you like more coffèe..."

" Va, no thanks."

Var så upptagen i mina tankar på Alma så jag hörde knappt vad servitören sa.

Reste mig och gick upp på rummet. Lämnade datorn på rummet och tog ryggsäcken med kameran med mig. Jag skulle till Manolis vid 14-tiden och hämta pappret vi pratade om och sen imorgon blev det besök på banken igen. Stängde och låste dörren till mitt rum och gick mot Nea Chora, den lilla båthamnen. Ville ta lite bilder på småbåtarna som låg där.

Det var så skönt att promenera den sträckan. Jag trivdes väldigt bra här, måste jag säga.

Och där kom Eftichis med sin hund. Vi pratade lite om allt möjligt men han klagade mest. Han var ingen vidare inspirationskälla kunde jag tycka.

Men helt plötsligt sa han att någon hade varit och frågat efter mig igår. En grekinna i 35-årsåldern. Hade hon givit något namn.... frågade jag. Han sa att hon hette Viola. Ja, men då var det inget allvarligt. Hon hade mitt mob.nr så det skulle väl ordna sig tänkte jag. Eftichis pratade på, om rummen och säsongen, hur den skulle bli. Han var ofta lite skeptisk.

Nu var jag framme vid båtarna och gick ut på den första piren. En del fiskemän var tillbaka och reparerade sin nät vid kajen. Jag fotade lite, naturligtvis frågade jag om lov. Ingen sa nej.

Beger mig en bit bort mot restaurang piren där det säljs dagsfärsk fisk. De vill att jag ska köpa men svårt när man inte har kök, men jag fotar en del. Det tar kanske en halvtimme så är fisken slutsåld. När fiskemännen kommer till kajen så väntar där folk för att försäkra sig om att få tag i färsk fisk. Så underbart.

Min promenad fortsätter längs nya strand-promenaden. Väldigt fint. Sandstranden har gjorts iordning för säsongen. Solstolar och parasoll är på plats. Det är en trevlig gågata till allas glädje. Förr var det en trafikerad gata. Kanske inte gillas av en del som vill parkera sin bil precis utanför restaurangen.

En del turister hade barrikaderat stranden. Flera badar, fast jag tycker det är lite för kallt, en del ligger i solstolar med förhoppningsvis, en bra bok. En man reser sig från en solstol och går ner i havet, sakta sakta, kanske för att det är kallt. Men när jag tittar lite noggrannare så är det något bekant över mannen. Men vem är det. Funderar medan jag sätter mig på en av de små murade bänkar som byggts för att sitta på. Jag kan bara inte komma på vem det är förrän denna man ångrar sig innan han badat och vänder sig om, det är ju Tomas Bergström. Jag följer honom med blicken när han går tillbaka till sin solstol och slår sig ner samtidigt som en kvinna pratar med honom från solstolen bredvid. Jag syns inte från där jag är så jag kan iaktta dem utan problem.
De pratar frenetiskt med varande men helt plötsligt reser sig kvinnan och kommer åt mitt håll. Jag sitter kvar då jag är ganska skyddad bakom ett träd och hon går förbi utan att upptäcka mig. Men vad har de gemensamt, tänker jag. Viola och Tomas. Hur gör jag nu. Jag väntar tills hon återkommer för att passera mig. Ser hon mig, okey men ser hon mig inte då går jag ner.
" Men Alex, sitter du här och trycker."
Har varken sett eller hört henne då hon pratar bakom min rygg.
" kom ner till stranden. Jag har hittat Tomas och vi pratar lite om en det ena och en det andra. Vi pratade just om dig. Han sitter där."

156

Hon pekade mot solstolen och vi gjorde sällskap ner. Jag tog av mig skorna, tur att jag bar shorts.
" Tomas, titta vem jag hittade uppe på strandpromenaden."
" Nämen, hej Alex."
Tomas reste på sig och verkade glad att se mig.
Jag hälsade på honom och vi pratade lite om allt, inget speciellt."
" Alex, jag föreslår att vi ses för en tidig middag ikväll, eller vad tycker du, Tomas."
Han höll med och jag med för tiden flög iväg och jag och Viola skulle till Manolis om drygt en timme.
" Ja det låter bra. Men Viola, vi ses om en timme hos Manolis. Jag gå till mitt rum först och vi ses på Manolis kontor.
Jag lämnade dem till sitt fortsatta strandliv och gick sakta uppåt stan via smågator. Fotade hela tiden och det kan nog bli en utställning. Drack ur min vattenflaska och begav mig till hotellet. Tvättade av mig och bytte shortsen mot långbyxor. Gick för att möta till Manolis.
Kom upp på huvudgatan så småningom och köpte en kaffe som jag drack på vägen till Manolis. Mycket kaffe idag. Jag var framme före utsatt tid men chansade på att han var ledig. Ringde på dörrklockan som satt på ytterdörren och hans sekreterare svarade. Jag förklarade mitt ärende och hon sa att Manolis hade inte kommit och ej heller hört av sig hittills.

Jag tackade så mycket och slog Manolis nummer på mobilen. Inget svar. Hans frus nummer hade jag inte.

Jag slog en signal till min mor.

" Hejsan Alex, kära du, hur mår du?"

" Jag mår bra mamma, hur mår ni."

" Vi mår bara bra."

" har du sett Manolis på sistone."

" Ja igår så var han här i ett ärende men idag har jag inte hört något. Varför frågar du det.

" Jag skulle träffa honom idag vid denna tid och få några dokument som jag skulle ta till banken imorgon, men han var inte på kontoret och hans sekreterare hade inte hört något från honom.

Jag har inte Manuellas mob.nr så jag kan inte ringa henne.

" Men vad säger du. Inte likt honom. Jag kan ringa till Manuella och så hör jag av mig. Var är du nu då."

" Jag är utanför hans kontor."

Min mor sa adjö och avslutade samtalet.

Jag gick in mot Saluhallen då hon ringde.

" Alex, han är hemma men han har över 40° i feber så han glömde allt idag. Han bad om ursäkt genom Manuella naturligtvis. Han är också hes. Han skulle skicka ett sms till dig om dokumenten. Vad ska du göra nu. Vi är i Chania. Vill du komma på lunch och se hur vi har det."

Det välkomnades gärna. Jag fick adressen och min GPS fick leda mig rätt. Inte långt ifrån Saluhallen.   Jag slog en signal till Viola och berättade om Manolis och frågade om hon vill följa med till min mamma och Georgios.

Hon visste var det låg så vi skulle ses där. Hon skulle äta lunch med Tomas först. Perfekt.

Det var inte långt att gå. Efter tio minuter var jag framme.

De hade ett litet vitt hus som låg inklämt mellan två nyare trevåningshus. Jag kämpade med att öppna grinden till den lilla trädgård som ledde till huset. Det var ett smart lås-system och Georgos kom ut för att hjälpa till men då hade jag precis lyckats öppna grinden.

"   Bravo sou, then to kanon oli..."(bra, inte alla kan öppna)

"   Va, jag pratar inte grekiska.."

"   Nämen Alex, ursäkta jag blandar bara ihop språken liksom. Kom in."

Jag gick in i det lilla huset och kände omedelbart en värme, en underbar doft av mat och nybakad sockerkaka. Som när jag var liten och mamma varit närvarande i mitt liv.

Vi slog oss ner i det lilla köket och kaffet och kakan smakade hemma, hemma. Jag tittade mig omkring och köket var litet men så ombonat. På väggen hängde foton av mig när jag var liten. Mamma hade ju inte andra foton. Det var rörande. Jag bestämde mig för att omedelbart nästa morgon framkalla lite foton av mig o familjen och rama in.

"   Mamma.   Vad jag har saknat dig. Nu när jag kommer in här och känner värmen, då förstår jag vad jag saknat dig."
Det låg djupt rotat och jag fällde en tår men mor skojade med mig och glädjen kom snabbt tillbaka.
Vi intog denna underbara måltid som bestod av fyllda auberginer, grekisk sallad och fyllda tomater.
Vi pratade mellan tuggorna och satt länge till bords.

Det knackade på dörren och jag öppnade. Det var Viola.
"   Älskade Viola. Vill du ha lite mat?"
".   Nej tack snälla Seida, Jag har precis ätit.
Vi hjälptes åt att duka av och diska gjorde jag, medan mamma pratade med Viola. Vi drog oss in till den lilla salongen där vi fikade under tystnad för det smakade så bra. Kardemumma-kaka.
Min mor berättade att detta var Georgos hus och det bestod av ett stort sovrum, en salong, toalett med dusch och lilla köket vi suttit i. På baksidan var det också en uteplats men de tillbringade mesta tiden på framsidan och i köket. De trivdes bra, sa dom.
"   Alex, vi tänkte åka till huset imorgon, vill du åka med. Vi tänker stanna ett par dagar."
"   Om jag får dokumenten av Manolis så måste jag till banken imorgon. Sen är jag ledig.
Det plingade till i mobilen.
Jag läste högt: `Käre Alex, har haft så hög feber så jag visste knappt var jag befann mig.

Dokumenten är klara och du kan hämta dom på mitt kontor. Har pratat med min sekreterare så hon vet. Lycka till imorgon. Hoppas inget fattas. Vi hörs när jag mår bättre. Filakia.`
"   Om det går så hämtar jag ikväll och går till banken imorgon bitti. När jag är klar där så följer jag väldigt gärna med. Jag har fått ett dokument igår som du ska ha, mamma."
"   Jasså"
Pappa överraskade mig med sin närvaro när jag fikade i hamnen med Viola. Viola tog till orda.
"   Ja, han var riktigt oförskämd. Alex valde att gå en promenad för att sansa sig. Jag satt kvar och Andreas pratade om allt och ingenting. Han kunde inte förstå att han inte kunde bli ursäktad för det han gjort. Han hade en ny kvinna och det fungerade. Han hade blivit annorlunda, sa han."
Mamma såg ut som om hon skulle svimma. Georgos reste sig och höll i henne så hon inte skulle ramla av stolen.
"   Han dök upp från ingenstans. Jag blev skogstokig och sa att han skulle försvinna, vilket han sen gjorde. Han sa att han aldrig skulle röra dig, att han träffat en kvinna och ska åka till Sverige. Han slängde fram skilsmässopappret till mig. Påskrivet."
Jag gav mamma dokumentet och hon strålade av lycka.
Mamma och Georgos, nu kan ni snart gifta er."
De tittade på varandra och skrattade och grät båda två.

"   Ska bli underbart, eller hur Georgos?

"   Ja verkligen, ska bli skönt." Kan inte tro att det är sant.Vill du gifta dig med mig?"

"   Ja..."

Hade jag och Viola just bevittnat ett frieri. Det var underbart.

Då åker vi imorgon till Livadia. Vi fixar lite mat och hämtar upp dig, Alex. Ring när du är klar. Och då ska vi fira och bestämma bröllopsdag."

Det tyckte jag med. Att få vara där ett tag, i lugn och ro. Ta en promenad i omgivningen och titta till olivträden, kanske träffa någon granne. Planera lite för sommaren. Det är som en dröm.

Viola var ganska fåordig men jag undrade om hon vill följa med till Livadia men hon skulle stanna i Chania. Hon föreslog att vi skulle höras framöver, innan jag skulle åka till Sverige.

Vi fikade klart och jag samlade ihop mig och kramade om dem innan jag gick.

Jag gick raka vägen (om det finns en sån) hem till hotellet, tog en dusch, satte mobilen på väckning vid sex. Lite vila kan gör gott.

Hann knappt lägga ner huvudet på kudden förrän Mobilen surrade. Hade jag redan sovit eller inte.

Förmodligen, eftersom jag inte mindes nåt mellan dusch och uppvaknandet.

Tog fram ett par långbyxor som passade till min oranga skjorta och valde sneakers framför sandaler. Gick iväg till Manolis kontor och ringde på. Sekreteraren svarade.

"   det är jag Alex."

"   Varsågod och kom upp."

Hon öppnade elektroniskt och jag gick upp till kontoret. Hon gav mig alla dokument och jag tackade så mycket och gick tillbaka mot hotellet när det ringde igen.

"   Hallå."

"   hej Alex, Viola här. Kan vi ses på Tamam. Du vet var det är eller.

"   Ja det vet jag."

"   Blir toppen. "

Jag la på ett kol och gick upp på rummet med mina dokument, grabbade en jacka, om vi skulle sitta ute, gick sakta uppåt mot Tamam. Viola syntes inte till.

Eftersom jag kom först så tog jag ett bord i gången, utanför restaurangen. Ännu var det inte så mycket folk men säkert skulle det vara fullt inom en timme eller två.

Jag slog mig ner och beställde en Xarma öl medan jag inväntade Viola. Skulle bli spännande att höra vad de har gemensamt eller om det bara var en tillfällighet att de varit vid stranden på morgonen.

Ölen smakade väldigt gott. Ett lokalt bryggeri i Chania. Trevligt.

Hade fått mig serverat lite oliver och bröd som jag tog lite av som tilltugg till ölen. Kan ju inte säga att jag inte hade det bra. Fantastiskt skönt. Jag måste verkligen skärpa till mig och försöka att fotografera mer så jag kan ha utställningar. Kanske skulle skriva om livet på Kreta. Jag kanske kunde ha skrivarkurser i huset. Det fanns ju ett annex. Stora planer i mitt huvud. Många tankar som snurrade i huvudet. Alma måste se detta så vi kan planera tillsammans. Jag tror benhårt på att vi kan bo här och där. Med rätt planering och hänsyn till barnens skolgång så kan det fungera.

"   Kan vi slå oss ner."

" Ja, hejsan, javisst, välkomna."

"   Jag satt i planerings tankar och märkte inte att ni kom. Jag kom för ca en halvtimme sen och har hunnit med en Xarma redan. Känner mig lagom avslappnad. Hur har er dag varit.

"   Jo Tack, vi har haft det bra. Vi har tillbringat eftermiddagen vid stranden och är jättehungriga, Vi har nåt att berätta." Viola tittade på Tomas och sa;

" Vi har förlovat oss vid stranden."

Jag kan ju inte säga annat än att jag blev förvånad. Tomas Bergström och Viola. Jag replikerade

"   De måste firas så jag bjuder på champagne före maten."

"   Nej, vi bjuder."

"   Alex, blev du inte förvånad att vi är förlovade.

"   Jo, det måste jag erkänna. När vi var på hotellet i veckan så kände ni inte varandra, sa ni.

"   Nja, det var på sätt och vis sant. Jag och Irini hade bestämt att vi skulle åka till Kreta och Irini bodde då hos Tomas. Vi träffades ibland då jag åkte till Köping och hälsade på Irini. Men bara som hastigast. Jag blev förtjust första gången jag såg honom men trodde inte att han tyckte detsamma. Så tiden gick och vi sågs då och då. Inget speciellt indikerade på att mina känslor på något vis var besvarade."

Tamam-salladen jag beställt, serverades.

Den med rödkål, grönsallad, tomater, morötter, lök, persilja och kanske något mer. Den hade en krämig avokadokräm på. Den är min favoritsallad.

Tomas fortsatte:

"   Sen kom det sig att jag hamnade på samma hotell som Viola. Jag visste faktiskt inte att hon skulle vara på Kreta. Jag har bara sett henne några gånger innan. Irini skulle vara här. På hotellet lärde vi känna varandra bättre. Jag hade lagt märke till Viola men jag är ganska blygsam av mig så det höll jag inne med. Men skål nu för mig och min fästmö. Vi trivs väldigt bra tillsammans."

Jag lyfte mitt glas och vi skålade.

"   Skål på er. Önskar er all lycka som är möjligt."

Vi fick vår mat och åt en stund utan att säga något. Till slut bröt jag tystnaden.

"   Men Tomas, på vad vis är du släkt med Claes och Sofia.

"   Vi är ju kusiner, Alex.

Vi har haft lite kontakt genom jobbet men inte direkt privat. Vi har inget annat gemensamt liksom.

Sofia, hon var ju lesbisk vilket familjen inte kunde acceptera. Så hon bodde också hos mig, hon är min syster. Hon kände också Irini lite. När Eloni dog så kom Irini och bodde hos mig ett tag. Sofia hade på sin arbetsplats blivit kär i en ny kvinnlig kollega och stalkade henne fullständigt. Hon berättade om henne som hon var förälskad i. Sofia kunde inte förstå att kärleken inte var besvarad. Vi försökte få henne att sluta men hon var som fixerad av den kvinnan."

Jag satt nästan och skakade. Hoppades det inte skulle synas. Kanske var det min kära Alma.

" Men sen vet vi inte riktigt vad som hände förrän vi fick veta att hon tagit livet av sig. Hur, var och när, det fick vi inte vem.

Men Alex, mår du bra, du ser alldeles blek ut. Är det nåt med maten."

"   Nej, det är bra, blev visst lite snurrig av skumpan, inte van att dricka det."

Viola bröt in.

" Vilken god mat, Alex, jag har faktiskt aldrig varit här tidigare."

Jag inflikade:

" Men då är jag tillbaka till vad för släktskap du har med Claes Bergström."

 Tomas berättade:

"   Claes Bergström är ju min kusin som jag lärt känna på senare tid, genom mitt jobb. Jag var polis. Och han är vad han är, IT-konsult. Vi har inte träffats när vi var små men sen han flyttade till Medåker så har vi haft kontakt. Lite privat men mest genom arbetet. Men nu har han flyttat och vi vet inte var han är. Jag fick förresten ett meddelande från hans fru, Berit, idag som jag inte hunnit läsa.

" Snälla du, kan du läsa det för mig.."

" Varför det, Alex."

" Jag har ett visst intresse av det. Vi är grannar och goda vänner. Jag undrar naturligtvis också var de är. De flyttade plötsligt. Men varför vet alla om mig och jag om ingen."

"   Nu var det så." sa Tomas och fortsatte:

"   Din far var väldigt våldsam så hela släkten höll sig undan för att inte avslöja var din mor var. Han bråkade med henne men det var inget allvarligt, sa han, och han sa också att din mamma var lite vild av sig. Det sista sa han som ett skämt. Han var underlig, därför valde alla att hålla sig undan. För att skydda din mor. Alla visste om detta men det var som att ingen kunde göra något åt det. Inget lätt beslut men tyvärr ett måste. Desto mer känns det som att vi nu har att ta igen, eller hur. Men Alex, han ska flytta hem igen. Men inte förrän om ett år. De mår bra. Vilken glädje, jag trodde nästan att han var död."

Jaha, det stämde lite med det som Alma sagt. Vi reste oss och Viola o Tomas gick neråt hamnen medan jag gick mot hotellet och mitt möte med min älskade Alma. Jag nästan sprang eftersom jag vill duscha lite och vara fin för mitt kärleks-möte.

Såg Eftichis men sprang bara förbi med ett leende och kalinixta(godnatt).

Trapporna upp till rummet försvann och jag hann knappt innanför dörren förrän kläderna hade åkt av och jag stod i duschen.   Torkade mig och svepte handduken runt midjan. när jag hörde det välbekanta ljudet från FaceTime..

" Alex. älskling, har längtat så mycket.

Hon var klädd i den vackraste negligé jag någonsin sett. Den lämnade nästan inget åt fantasin. Jag släckte ner lite som hon gjort hemma och tände några ljus. Detta kärleksmöte skulle vi aldrig glömma.

Hur man kan ha ett så fint kärleksmöte via FaceTime var för mig något alldeles nytt. Vi tog hand om varandra på olika sätt och så höll vi på säkert en timme. Vi hade knappt kraft att prata.

Alma gav mig en slängkyss och sa godnatt och jag besvarade den på mitt sätt. FaceTime släcktes ner och magin var som bortblåst. Jag tog en dusch till och lade mig naken på sängen och tittade upp i taket. Tomheten var påtaglig och jag upplevde en enorm hemlängtan och började gråta. Kröp ner under täcket och somnade till slut.

Onsdag

Solens strålar väckte mig från min sköna sömn. Det var längesedan jag sovit så gott. Mobilen ringde och det var min kvinna från igår.

"   Alex, vad var det som hände, Jag har försovit mig. Barnen kom försent till skolan och jag har massage om en kvart. Jag älskar dig och önskar dig en fin dag. Puss o Kram

"   Ja du, Alma, jag vaknade precis nu. Längesedan jag sov så bra. Tack för igår. Hör av mig senare. Älskar dig. Puss o Kram."

Mobilerna stängdes av från båda håll. Jag klädde mig, tog med dokumenten och gick ner för en enkel frukost. Innan Kostas hann servera det vanliga sa jag till att jag bara ville ha en kaffe.

Var fortfarande mätt efter gårdagens middag och Almas kärlek.

Jag drack mitt kaffe långsamt. Satt bara och tittade rätt ut, funderade på ingenting, var som förlorad i en annan värld, eller bara här och just nu. Iakttog människorna omkring mig men såg dem inte. Kände någon som tog mig på axeln och vände mig om. Det var Tomas Bergström.

"   Men hej Tomas, slå dig ner, bjuder på kaffe.

"   Ja, tack en grekisk utan socker."

"   Men visste du att jag var här."

"   du har nämnt det vid nåt tillfälle att du brukar inta din frukost här i närheten. Jag vaknade tidigt och fick för mig att komma hit och se om du skulle vara här.

"   Okey, jag äter frukost här i princip varje dag. Men nu blev det bara kaffe för jag känner mig så mätt efter middagen igår kväll."

"   Ja, jag med, proppmätt. Ville prata med dig en stund, ensam. Har du tid med det.

"   ja visst.

"   Du sa igår att Claes är tillbaka i Medåker, där ni bor. Jag har inte hans mobil nummer och kan inte nå honom. Har du möjligtvis det.

"   Nej Tomas, tyvärr, det har jag inte. Han är inte tillbaka utan på snabbvisit för ett möte med någon, inte vet jag. Han har ju bytt ut alla sina nummer. Jag har inte det. Men från det ena till det andra, jag blev verkligen förvånad över att du och Viola förlovat er. Hade ingen aning om att ni träffat varandra tidigare. Det verkade liksom inte så på hotellet."

"   Nej vi ville inte säga något. Var inte säker, kände henne inte men vi kom överens så bra så att det klickade ordentligt. Det är lite känsligt med känslor, ha ha, men nu känns det verkligen bra."

"   ja det har du rätt i, men hur länge ska ni vara här i Chania.

"   Det blir nog till söndag. Viola har biljett men jag måste kolla sista minuten ikväll. Tar det jag hittar."

"   Okey, Jag ska till banken tillsammans med Viola om en stund. Vad ska du göra idag.

" Tar nog en promenad runt stan, äter någonstans och bara njuter. Kanske träffar Viola. Hör av dig om Claes är du vänlig."

Han surplade i sig det sista av kaffet.

"   Ja, jag hör av mig. Ha en bra dag."

Han gick iväg utan att höra det sista. Jag betalade och tog dokumenten för att gå till Banken. Kände mig lite nervös, men för vad.

Undrade varför han var så intresserad av att få tag i Claes. Tomas hade varit polis och han kunde väl få tag på honom på annat sätt. Bestämde mig för att inte delge några uppgifter om Claes.

Slog en signal till Alma:

Telefonsvarare: `Jag bad Alma att inte lämna ut uppgifter till Tomas Bergström om han skulle ringa.`

Jag snabbade på stegen för att komma fort till banken. Ville ha detta gjort innan jag åkte till huset idag med mor och Georgos. Ville bara njuta, planera och utforska omgivningen. Naturligtvis fotografera.

Viola väntade utanför banken, så vi stövlade in som att jag hade vunnit ett marathon lopp. Varm och andfådd. Tog ett djupt andetag och vi tog trappan upp till övervåningen. Letade med blicken efter Stelios Nigadis. Han satt på samma plats som förra gången. Jag tog en nummer lapp och satte mig på en stol som var närmast honom. Han kände igen mig och nickade glatt.

Jag hade nummer femton och nu var det sju. Det blir en stunds väntan men det måste göras. Viola satt tyst och tittade i sin mobil. Tog upp mobilen och googlade lite allmänt. Det kom ett meddelande från Alma: Detta är från Krim-Per: `Om ni hör talas om Tomas Bergström så ge honom ingen information om Claes.`
Jag blev bestört och slog en signal direkt till krim-Per.
"   Viola, måste ringa ett samtal. Ropa på mig när det är vår tur."

Jag gick undan för att kunna prata ostört. Per var snabb på telefonen.
"   Hej Alex, hur har du det på Kreta.
"   Jo det är mycket som händer. Fint är det. Fick meddelandet från Alma, och jag har träffat Tomas. Vi var ute och åt igår kväll. Tillsammans med min nyfunna kusin Viola som har förlovat sig med just den Tomas Bergström som du nämner."
Jag sa att Claes skulle flytta tillbaka till sitt gamla hus i Medåker om ett år, men mer sa jag inte. Men han kom till mitt fikaställe imorse och ville ha Claes mobil.nr. men det har jag inte."
"Okey Alex, lugn, det är inte så farligt. Claes permanenta boende är offentligt så det kan han hitta ändå. Däremot så lämnar han inte ut var han nu befinner sig samt sitt mobilnummer.   För närvarande, alltså.
"   Men vad är problemet med Tomas."

"   Han är förmodligen inblandad i lite skumma affärer. Vem har han förlovat sig med, vad heter hon."

"   Viola, min kusin. Och han presenterade sig som polis."

"   Ja kanske f.d polis, Alex. Viola, hm, det kan vara av ärligt uppsåt men jag som känner till hans bakgrund kan tro något annat. Men det lämnar vi, det behöver inte vara det. Vad jag vill av dig nu är att du ska hålla ögon och öron öppna. Berätta inget för honom men gör gärna sällskap med honom och Viola, om du känner för det. Så kan vi få lite information."

Viola vinkade åt mig.

"   ja det är okey, men idag åker jag till landet och stannar till fredag kväll (tror jag). Nu måste jag lägga på för ett bankärende; Vi hörs."

Jag stängde ner och gick fram till Stelios, lämnade över dokumenten och han vinkade in mig och Viola på sitt kontor som låg strax bakom.

" Take a seat, please."

Vi satte oss ner mitt emot honom och han ögnade igenom dokumenten och hämtade det han hade från det tidigare möte vi haft.

Jag lutade mig tillbaka medan han läste igenom allt. Det kanske tog nästan tjugo minuter.

" Well, well mr. Alex"

Ha ha, det där lät flott, han fortsatte.

"   Det finns ett konto tillhörande din farbror. Det kontot är bara ditt. Han har sparat under många år och har skrivit i en notis följande:
"Huset i Livadia går till Alex och kontanterna är endast menade till Alex Bofakis, son till Andreas Bofakis.   Alex mamma ska lämnas att bo i lilla stugan så länge hon vill. Det samma gäller hennes syster Eloni"
"   Det låter bra, och är det något mer".
"   Ja, Viola ska kontaktas vid försäljning av detta arv och ska ha tjugofem procent av vinsten.
"   Och hur mycket är det i kontanter?"
 "   Det är 200.000 euro som det rör sig om."
Trodde jag skulle svimma.
"   Men , är det verkligen sant. Jag blev stum."
Viola lyfte på blicken och såg chockad ut. Hon undrade om det innebar att hon skulle få hälften av den summan. Stelios nickade i samförstånd.

"   Du, Alex, ska veta att egendomen i sin helhet med vid hörande tomter har ett värde i sig på drygt 300.000euro. Det betyder att du kan låna på huset för att komma igång. Utan problem. Så nu går vi till det praktiska. Jag öppnar ett bankkonto i ditt namn och för över pengarna. Det betyder att från måndag så är de dina. Jag vet inte hur det är med skatt men du har ju en advokat, Manolis. Jag kan vänta till nästa vecka att öppna konto så får du lite tid på dig att ta reda på allt.
"   Men jag åker tillbaka på söndag och Viola, hon är ju arvinge som enda dotter till min farbror"

174

"   Inga problem, det fixar vi via internet banking. Ladda ner vår app på din telefon så är det lätt att ordna. "

Stelios vände sig till Viola:

"   Nu Viola ska du lyssna noga. En klausul är att när eller om Alex ska sälja så ska du ha tjugofem procent av vinsten i den försäljningen. Som jag nämnde nyss. Dessutom så har Du fått 100,000 euro till ditt förfogande.

Jag tittade på Viola som blivit alldeles blek och tårarna rann ner över kinderna..

"   Jag kan inte tro att det är sant."   Har aldrig haft något över. Jag kan köpa mig en bättre bil. Stackars mamma, hon skulle blivit så lycklig. Det känns som en befrielse, ett andrum ett tag."

Stelios tog till orda igen:

"   Sen är det huset i Aten, där du bor Viola, eller hur?

"   Ja, det stämmer."

"   Det är ett höghus med tio lägenheter som ska fördelas på er. Jag föreslår att ni kontaktar Manolis om det huset samt att ni investerar i något så inte pengarna försvinner i skatt eller på annat sätt. Manolis missade detta dokument och just nu tar han reda på vad som gäller så ni får kontakta honom efter helgen.   Jag måste ta nästa kund nu. Ta dina dokument och jag har noterat och du har skrivit under det som behövs. Tack och trevlig resa."

"   Tack ska du ha. Och trevlig helg.

Vi reste oss och drog igen dörren efter oss. Hur skulle jag känna nu. Ett hus på Kreta och två miljoner kronor på banken. Dessutom del i ett höghus i Aten. Hur går detta ihop, och varför."
" Viola, vill säga något till dig innan vi skiljs åt för nu. Du är alltid välkommen till oss på Kreta. Att vara där när du vill. När vi är där eller om du vill när vi inte är. Som när du var hela somrar förut. Du får gärna komma ner och plocka oliver med mig ha ha. Men olja får du ändå. Vill att du ska känna att du är välkommen när du vill. Jag åker med mor och Georgos till Livadia ett par dagar. Lämnar Kreta på söndag. Jag vill att du ska vara vaksam över Tomas, det är något som jag inte kan ta på. Håll bara lite extra koll på honom och om jag har fel så ber jag om ursäkt, men snälla nonchalera inte detta."
Viola blev väldigt glad över att vi kan samsas om huset och hon lovade att hålla ett öga på Tomas.
Vi skildes åt och jag lämnade banken med snabba steg, kollade in tiden, ringde min mor och vi bestämda att ses utanför `Nora pension` om drygt en timme. Jag var tvungen att handla lite och sen hämta lite kläder.
Slog en signal till Alma som dock inte svarade.
Jag höll på att spricka av lycka. Tror inte att jag kan berätta detta för min mor. Ingen behöver liksom veta. Men frågan som uppstår är hur Violas fästman, Tomas Bergström, skulle handla om han fick höra om Violas arv. Vem var han egentligen?

Vädret var idag som en härlig svensk sommardag. Sådär som det känns när det har regnat. Lite friskare men varmt. För varje dag ökade turismen. Jag tror till och med att det kommit en lyxkryssare. Det var väldigt mycket folk i hamnen tillsammans. De brukar komma på förmiddagen och sen avgår kryssaren framåt kvällen. Herregud, jag skulle kunna göra en sån med Alma nu. Jag gick ner mot hamnen. Jag är rik, det gick inte att hålla sig så skrattet kom automatiskt, högt och tydligt. Ett par vände sig om och tittade på mig. Visade min mobil som ursäkt. De nickade. Det var liksom legitimt. Det skulle vara konstigt om man skrattade utan offentlig anledning. Jag var super lycklig.

Slog en signal till Alma igen men inget svar.

Mina tankar hade gjort vägen kortare till hotellet.

Gick in i lokalbutiken och handlade det som jag skulle ta med mig till mitt hus. Champagne och goda ostar.

Mitt hus. Kan inte smälta detta. Livet har gjort en totalvändning. Och det bästa är att Alma är delaktig och lika intresserad som jag.

Sprang upp till rummet och höll på att packa lite då mobilen lät.

Meddelande: "Vi är här, väntar tills du är klar."

Slängde ner det viktigaste. Det var bara till Fredag, fint väder så det behövdes inte så mycket. Tog med kameran och datorn, tittade mig omkring om det var nåt jag glömt.

Tog matkassarna med det som jag inhandlat på vägen från banken, låste ordentligt och gick ner.

Dök på Eftichis. Informerade honom att jag skulle vara tillbaka fredagkväll.

Mor och Georgios hade halvt parkerat lite olagligt strax nedanför hotellet. Jag la in mina grejer i bakluckan, hoppade in bredvid Georgos, mor satt bak.

"   Hejsan, ooooh vad detta ska bli skönt."

"   Ja det tycker vi med, få lite lugn efter begravning m.m.   Hur gick det på banken?"

"   Det gick bra, huset är mitt.

"   Va, varför det?" Frågade Georgos.

Mor sa;

" Vad jag förstår så tyckte han, Carlos, att det var hemskt att hans bror var en sån hustru-misshandlare. Men Manolis <u>var ju den som hjälpte din far när din mor blev misshandlad.</u> Han kanske var pressad till det. Vi hade ingen kontakt med honom eller din far, naturligtvis, men varför gjorde han detta. Bara det inte blir problem för dig. Vad jag vet så satt Carlos på en förmögenhet   Fick du kontanter också?"

Jag hängde på svaret. Valde att inte avslöja det.

"   Nej, men huset är ju jättestort och värt massor. Jag är så tacksam. Han lämnade ett meddelande att mamma, Irini och Viola skulle få bo i lillstugan så länge ni ville. Georgos, du får nog vända hem igen när vi kommer fram; ha ha."

Mamma började gråta och jag bad om ursäkt för att jag nämnt min syster vid namn.   Hon lugnade sig efter en stund.

178

"   Men Viola kommer att vara där på somrarna och bo i lillstugan, eller hos oss."

Mamma tyckte det var en god ide´. Dom skulle ändå inte vara där hela sommaren och plats fanns ju i stora huset för Viola, om hon ville. Men enligt min mor så hade hon gått som barn i huset på somrarna från det hon var ganska liten.

Resten av vägen gick i tystnadens tecken. Jag somnade nog till lite. När vi närmade oss puttade Georgos till mig och sa att jag måste titta lite på utsikten.   Det var hiskeligt vackert.   Utsikt över Lybiska havet.

Ju högre upp vi kom ju häftigare blev det. Vilken utsikt med Antikithera och Kithera.

Havet skiftade i turkost, blått och mörkblått.

Georgos körde in på tomten och parkerade utanför lilla huset. Vi packade ur och jag frågade om de ville ha hjälp med något.

"   Nej gå till ditt hus du så ställer jag och Georgos iordning lite middag. Jag har en klocka som jag ringer i då det är klart.

Tog min väska till stora huset. Mor hade gett mig nyckeln som jag fick behålla. Hon hade gjort en extra om vi inte skulle vara närvarande.

Satte nyckeln i låset och steg in i MITT hus.

Väl inne kunde jag inte hålla tårarna tillbaka. Det hade allt, charm, gammaldags, hemtrevnad och själ. Det kändes att här hade en del av mina släktingar bott och levt en gång i tiden. Jag kände mig hemma, som att jag aldrig ville lämna detta hus.

Gick in med väskan i sovrummet och la den på MIN säng. Gick runt ett varv och allt verkade som vi hade lämnat det. Gick ut genom köksdörren och ställde mig bara för att titta på utsikten. För mig fanns ingen större lyx än denna.

Slog en signal till Alma.

"   Hej Alex, jag har en kund om en kvart. Hur går det."

"   Alma, packa väskan, ta barnen och kom hit, nu..

"   Alex, är det så bra.

"   Det är bättre, fantastiskt, underbart, overkligt, pappren är klara, huset är mitt; vårt, Och vi har en summa på banken."

"   Men, vad säger du, hur mycket."

"   Du får inte säga det till någon. Drygt en miljon kronor. Alma, är du kvar, hallå."

"   Ja, ja Alex, det låter bra, hm, jag hör av mig ikväll. Kraaamar, vilken lycka. Puss."

Hon trodde nog att jag skojade, tänkte jag.

Jag stod kvar ute när mor ringde i sin gamla ringklocka. Stängde till och gick över till dem för en underbar lunch.   Vi njöt av mammas hemlagade köttbullar och grekisk sallad. Dessa grekiska grönsaker. Som frukt. Vi åt under tystnad, det var underbart gott. Georgos började prata.

"   Alex, tänkte åka en sväng sen och undrar om du har lust att hänga med. Vi ska titta på ett ställe till med oliver som är mina. Sen ska jag visa dig var du kan handla lite akuta varor eller gå och ta en fika. Du måste ha bil här, och jag har en kusin

här som har en bil till försäljning. En liten plåtlåda som kanske kan räcka ett tag, om du vill kan vi hälsa på och du kan titta på den."
"	Ja, jag följer gärna med. Vill du ha hjälp med disken, mor."
"	Det ordnar jag och jag tror jag lever i en dröm som har dig här, alldeles för mig själv."
Hon gav mig en stor kram och det var underbart.
Jag och Georg drog iväg med bilen mot ett annat håll än vi brukar. Vägen var väl inte alltför vänlig men det gick bra. Runt oss var det i stort sett bara olivträd. Det var inte speciellt långt till Georgos olivlund. Efter tio minuter var vi framme. Vi steg ur och gick runt i olivlunden. Tur att jag tagit på mig riktiga skor för det var väldigt taggiga växter. Men Georgos visade mig växter som jag kunde plocka och koka. Schorta heter det(lite som ogräs) på grekiska. De kokas och äts med olivolja, citron och gärna lite färsk fisk.
Mycket nyttigt, sa han.
"	Du kan säkert hitta det bland dina olivträd också. Sen växer det orkidéer här."
Jag fotade för att inte glömma hur de ser ut.
Han visade mig och jag som inte hade kameran med mig fotade lite med min mobil.
Han pekade på träden som var törstiga. Det syns på löven att de behövde vatten. Han sa att de är törstiga nu så han skulle vattna lite. Han dropp vattnade. Hade kopplat markslangar för det. Annars kunde de bli vana vid mycket vatten och

det var inte bra på Kreta. Det är brist på regn på denna sydvästra del.

" Alex, vi hjälps åt med oliverna, tycker jag. När du inte är här så sköter jag oliverna och när du är här så tar du över. Jag ska visa dig hur man gör och när man klipper ner träden lite o.s.v. Det kommer bli toppen. Vi kan hjälpas åt."

Jag höll med, det kommer bli fantastiskt.

Vi lämnade lunden och for vidare till Georgos kusin. Huset låg dolt från vägen. Vi parkerade strax utanför och gick in genom en grind och framför oss låg en villa av senaste modell. Oj, oj den var hur stor som helst. Modern arkitektur. Olivträd hela vägen och välskötta. Vi kom fram till huset och Georgios ropade.

" Christos, po ise? "(Var är du)"

Han fick svar och vi gick runt huset och på baksidan, mot havet var det en infinity pool av det större slaget. Det var en sån där pool som man låg vid kanten och blickade ut över havet.

Konversationen blev nu på engelska.

" Hej, jag heter Christos trevligt att råkas. Du är Seìdas son. Välkommen till Kreta. Får jag bjuda på något att dricka. Det här är min son Markus och min fru, Annie från Holland och hennes dotter, Joanna, Christos kom och satt en kall öl i handen på mig och hade dukat upp ett fat med hemlagade små pajer som han ställde på bordet vid poolen. Jag slog mig ner bredvid Georgos. Barnen badade för fullt. Förutom Christos o Annies dotter var det några barn till. Alla verkade vara i ålder tio till 14 år. Perfekt, med tanke på våra barn.

"   Vill du titta på bilen." Christos frågade.

"   Ja det kan jag göra."

"   Det är en Cleo, 2009, den är okey men jag köpte en annan för jag ville ha en större. Men den kanske är bra för dig, till och från Chania osv."

Jag öppnade bilen som var blå och välskött, och tittade i motorhuven. Jag var ingen mekaniker men motorn satt där den skulle och Georgos sa att den såg bra ut.

"   Och priset?"

"   Jag vill nog ha 1.250 euro . Den är besiktigad."

"   Okey, ge mig någon dag att fundera."

"   Okey, no problem, Georgos har mitt mobil-nummer."

Färden hem gick via olivlundarna. Så vackert tycker jag. När solen lyser på bladen ser de ut som om bladverken skiftar i silver.

Mor hade kaffet på och det doftade ända ut på gården.

"   Välkomna hem, har ni haft trevligt. Visst är det vackert, Alex."

Jag kastade en blick på bordet ute på framsidan och det var dukat för 5 personer...

"   Ja det är fantastiskt vackert. Jag har inget sug efter att åka till Sverige precis. Det är familjen bara som är det som gör att jag åker tillbaka. Får vi gäster?"

" Ja, Viola ringde och jag bjöd in sig på lunch. De ska åka tillbaka ikväll och de har just fikat hos Christos. De ska tillbaka till Chania senare.
Det ska bli härligt att ha två av mina barn här.
Viola är ju som min dotter. Hon har bott här nästan varje sommar sen hon var liten. Mig fattas Irini fruktansvärt. Från det att jag vaknar tills jag går och lägger mig, men det känns bättre när ni är här.
Våra gäster kom. Viola och hennes fästman, Tomas.
" Men hejsan, Viola, du ville ju inte komma med när jag frågade dig?"
" Nej Alex, det har du rätt i men sen frågade Tomas om vi skulle ta en sväng och jag tyckte det var en bra idé. Vi åker tillbaka framåt kvällen."
Vi kind-pussades och slog oss ner. Tänkte på det som Krim-Per hade sagt. Att lyssna, iaktta och försöka vara i en normal konversation.
Mamma hade lagat maten i Chania. Det var biffar, fyllda auberginer (min favorit) grekisk sallad, tzatziki, friterad potatis som hon tillagat nu, bröd naturligtvis och lokalvin.
Georgos serverade vinet och vi tog av allt som bjöds och pratade i munnen på varandra. Om inte Tomas varit med hade lyckan varit fullständig. Jag litade inte på honom. Viola tittade på mig och sa:
" Alex, du är lik din mor men även din farbror, min far."
" I eftermiddag ska jag ta en promenad och se var olivlunden slutar och börjar och vad jag måste

göra med slangar. Georgos har erbjudit sig att hjälpa till med detaljerna och vad som behöver inhandlas. Ska bli så kul. Vad ska ni göra?."
Tomas svarade:
"   Vi åker till Chania snart. Vi lunchar och sen bär det av. Du åker till Sverige på söndag, eller?"
"   Ja, det är meningen. Ska se om jag kan boka biljett ikväll. Nåt måste finnas. När ska ni åka upp.
"   Det blir i nästa vecka, säkert. Men hinner vi ses vi innan du drar."
"   Kanske, jag åker härifrån på lördag eftermiddag."
Vi drack och åt tillsammans och sen sa vi adjö till Viola och Tomas. Vilken makalös utsikt över havet med solen som rörde sig sakta närmare   havet. Jag upplevde solen som väldigt stor. Mamma och Georgos skulle vila en stund och jag gick ut i olivlunden och   ställde mig mitt i den. Njöt i fulla drag. Kunde se havet mellan kvistarna som jag såg hade knoppar. Hur vackert kunde det vara.
Små, små knoppar som sedermera skulle utvecklas till blommor och oliver, som jag och min familj skulle plocka och rensa för att lämna in för pressning till olja. Till oss själva och vi kanske kunde lägga in oliver. Det låter så fantastiskt.
Gick runt lite och tittade på träden, slangar och stängsel samtidigt som jag njöt av solen. Allt såg väldigt bra ut.
Gick längre fram emot sluttningen och tittade ner och det var väldigt djupt. Knappt att man såg slutet på den, men jag skymtade något längst ner.

Det var något som glimmade i solen som en spegel. Kanske det var en spegel som någon tappat eller kastat ner. Jag gick lite åt sidan, snubblade på en stor sten och föll ner en bit men som tur var fastande jag i ett träd bara en meter uppifrån. Jag grabbade tag i en gren för att dra mig upp, samtidigt som jag tittade ner för att se var min fot kunde få ett stadigt fäste och fick en chock.

Nu såg jag vad som låg nedanför. Det var en sådan motorcykel som Johan har. Men hur kunde det vara möjligt. Jag hängde i grenen och stödde min ena fot på en liten klippa och försökte att fokusera på vad jag såg. Tyckte att jag såg en fot men var inte säker. En bit tyg var det i alla fall. Beslöt mig för att försöka häva mig upp innan grenen skulle ge vika. Det var inte det lättaste och grenen var inte så stark som jag trodde. Den släppte lite men jag hade lyckats ta mig upp så pass att jag kunde kravla mig upp sista biten och känna stadig mark under fötterna.

Vad skulle jag göra nu. Jag blev stående en lång stund och bara stirrade ut över havet medan jag funderade på hur jag skulle hantera detta nya.

Drog mig sakta tillbaka till huset och såg att bilen inte stod kvar. Viola och Tomas hade som sagt åkt efter lunch åkt. Gick in i stora huset, och satte mig i köket. Lämnade dörren på vid gavel så mamma kunde komma in om hon var vaken. Hon brukade ta lite siesta.

Satt på stolen och visste inte vad jag skulle göra. Hoppade nästan till i stolen då min mor började prata, hade inte ens hört att hon kommit.

" Skrämde jag dig, hörde du inte när jag kom."

" Nej, faktiskt inte," satt i mina egna tankar. har ni sovit.

"   Ja vi sov faktiskt. Viola åkte iväg med Tomas. Visste du att de har förlovat sig?"

"   Ja, de berättade det igår. Vad tycker du om honom?"

"   jag vet inte men jag har en konstig känsla att det inte är äkta från hans sida. Vet inte varför men det känns inte bra. Varför frågar du det?"

"   Jag är också lite tveksam till honom. Det är som du säger. Det känns inte äkta, något är det, men vad.   Nu ska jag berätta något annat, mamma. Jag gick runt i olivlunden och bort mot stupet då jag såg något som lyste nerifrån men tänkte att det var nån som tappat något som återspeglades i solen. Jag gick lite åt höger men då snubblade jag på en sten och halkade ner en bit för sluttningen. Fick tag i en gren och stödde foten på en liten klippa för att komma upp. När jag tittar ner så ser jag en bit av något tyg."

"   Men vad är det du säger. Alex."

"   Det låg en motorcykel där som är likadan som en vän till mig har."

"   Men Alex, detta som du säger är hemskt. Jag tycker vi ringer till polisen."

"	Nej, vänta lite nu. Jag kan titta ordentligt om jag har ett tjockt rep som håller. Då kan jag hala mig ner och se om det är någon människa där."

Jag gick till baksidan och öppnade ett av förråden i jakt på ett rep. Georgos kom till undsättning och snart hittade vi ett spännband. Vi gick till stupet och band det vid ett träd och jag halade mig ner för att konstatera att där var endast motorcykeln. Den var samma märke och färg som Johans men det kunde vara någon annans. Jag visste inte hans reg,nummer. Jag satte fast spännbandet ordentligt i motorcykeln och hivade mig upp. Georgos och jag drog upp motorcykeln och lät den ligga. Vi tittade på den och det verkade inte som om någon kört ner med den i stupet. Kanske mer som att det var kastad.

Vi lämnade den där och tänkte att vi skulle försöka få tag i Johan på något vis. Det blir morgonens arbete.

Georgos frågade om jag ville följa med en sväng till stranden och ta ett dopp. Han tyckte vi behövde det. Jag höll med och mor också. Vi tog på oss badkläder, låste och åkte iväg under tystnad.

Jag kände när asfalten tog slut och vägen blev gropig. Vaknade till ur min tankevärld medan Georgos stannade bilen. Vi var på nerfarten till stranden där vi kunde se stranden ovanifrån i sin helhet inklusive ön. Jag tog min kamera, som jag äntligen hade med mig, och fotade. Vilken utsikt.

Sökte upp den högsta punkten och blev otrolig fascinerad av det jag såg.

En underbar strand som sträckte sig i en panoramabild. Jag tog en bild för att få med hela stranden. Havet skiftade i mörkblått, havsblått och turkost. Turisterna var inte många nu i början av maj och speciellt inte denna tid på eftermiddagen.

" Alex, kommer du så åker vi ner och badar?"

Jag backade lite ofrivilligt från min position. Det var så vackert.

Vi rullade sakta ner för backen, vägen var lite svårframkomlig men det gick bra.

Georgos parkerade nära stranden och vi gick en kort väg genom Tamaris träd och andra buskar.

Stranden hade mjuk ljus sand och vi lämnade våra handdukar och kläder vid ett träd och gick ut i havet. Vilken känsla. Långgrunt länge men så fort jag kunde dök jag in i det klara vattnet och allt som hänt denna dag försvann för en stund. Jag simmade långt ut och la mig på rygg och bara flöt en stund. Tittade rakt upp på den molnfria himlen. Är det detta som är himmelriket. Simmade lite lugnt tills jag inte nådde botten och tittade efter mor och Georgos De var på väg till ön. Jag simmade ifatt och vi promenerade i vattnet som nådde till höften. En ny sandstrand tog vid och vi var på ön. Vi samtalade inte alls utan njöt bara av lugnet, solen och havet.

Det var en sandig passage på ön som inramades av vita spindel-liljor (som blommar i augusti/september, sa Georgos) och det öppnades en strand på andra sidan som bestod av ännu mjukare och ljusare sand. Lite klippor vid strandkanten och havet som såg ännu klarare ut än vid fastlandet. Vi bestämde att vi inte skulle gå runt denna ö just nu, men i framtiden måste det ske. Jag, Alma och barnen. Det fanns en grotta, en fyr och en kyrka som var värt ett besök.

Vi simmade tillbaka på utsidan av ön och promenerade resten i det låga vattnet tills vi nådde den plats där vi lämnat våra tillhörigheter.

Detta var en otrolig upplevelse och bara tanken på hur barnen kommer att uppleva detta paradis, gjorde mig lycklig.

Vi körde tillbaka till vårt hus i sakta mak. Vi ville hålla verkligheten borta ett tag till. Irini som dött m.m

Vi bestämde att gå till lill-stugan och förbereda lite kvällsmål och vila där efter dagens händelse och bad. Jag låste dörren till mitt hus.

Det mesta var redan färdigt så jag och Georgos gjorde en sallad och värmde på potatisen. Mamma satt mest på köksstolen. Hon verkade trött.

Mamma friterade lite potatis och dukade fram av den maten som blivit över efter lunchen. Bröd naturligtvis och lokalt vin. Ingen tycktes vara speciellt hungriga. Vinet gick däremot åt.

Georgios serverade mera vin och vi tog lite av allt som bjöds och pratade i munnen på varandra.

" Alex, vad är det som hänt och varför här. Varför hade någon valt att kasta ner en motorcykel på våran tomt. Vilka vet att vi bor här eller är det en ren tillfällighet."

"   Jag vet inte, mamma. Jag tycker ett vi tar och kopplar bort det hela tills imorgon. Vi kan inte göra något åt det i alla fall. Jag sätter på lite kaffe och dukar av. Ni kan gå in i salongen om ni vill. Slå på Tv:n och försök att tänka på något annat. Ska jag fixa NES -kaffe eller vill ni ha något annat."

"   Nej, det blir bra.?"

Georgos svarade inte på den frågan. Han verkade lite frånvarande och som att han funderade på något. Jag diskade och satte på vatten till kaffet. Det fanns en bit kaka. Satte allt på en bricka och gick in i salongen och satte mig i soffan jämte min mor. Mörkret hade lagt sig ute och natten var i antågande.

"   Mamma, du vet att jag älskar dig och att det som hänt inte är ditt fel. Irini hade ett medfött hjärtfel som ingen visste om. Det händer ibland, tyvärr. Och att du lämnade mig var inte ditt fel, det var situationen. Alla som blir misshandlade måste lämna. Jag hade farmor och jag saknade dig hela tiden men farmor var glad och ett stort stöd. Nu är vi i alla fall tillsammans och jag tänker inte sörja en sekund över det som hänt utan bara njuta av att vi är tillsammans. Snart ska du få träffa dina barnbarn och min Alma. Det blir fantastisk."

Mamma lutade sig mot min axel och grät en stund. Jag hängde på, det kan också behövas.

Jag drack   kaffe men mamma och Georgos tog bara en bit kaka. Vi småpratade lite om grannarna och om Matheus och Irma. Jag visade lite foton av barnen på mobilen. Mor såg likheter med olika släktingar.
Dukade bort och diskade.
Lämnade mor och Georgos och gick hem till mitt stora hus.

Väl hemma lutade jag mig tillbaka i soffan och satte på radion på min mobil. Låg och lyssnade och halvslumrade lite tills jag vaknade av en kraftig explosion eller något liknande. Lampan i taket gungade och jag kände ett ögonblick av oro. Tog mig ut och mor o Georgos kom springande mot mig. Det var fortfarande lite ljust ute.
"   Jordbävning. Vi tänkte att du inte skulle förstå det."
"   Oj,då det var första gången jag har upplevt det."
"   Vi stannar ute ett tag tills vi får se att det inte kommer en till. "
Vi slog oss ner mellan husen på en gammal mur som någon i tidigare generation byggt.
Det var väldigt lugnt ute, ingen vind för det hade blåst skapligt på morgonen.
Då förstod jag hur det känns att vara mitt i ett jordskalv eller jordbävning. Min mamma var alldeles blek.
" Har ni varit utsatta för jordbävning tidigare."

"   Jadå, många gånger. Den värsta var nog 2006 då den höll i sig länge. Vi rusade ut ur huset där vi bodde. Det låg vid en bilväg och jag stödde mig på en bil som rörde på sig ett bra tag. Det var riktigt obehaglig."

Det var en stor jordbävning som påverkade till och med Egypten. Jag var snurrig i huvudet hela dagen.

Då kändes Vibrationer i Attika, Rhodos, Patras, Thessaloniki, Grevenna och Kastoria, och det finns rapporter om att de kändes även i Kairo, Egypten, Turkiets kuster, Italien, Jordanien, Israel, Fyrom och Kroatien.

Jordbävningen var särskilt allvarlig i Chania, och det fanns problem med telefonkommunikationen.

Grundskolorna i Chania förblev stängda tills de hade blivit ordentligt undersökta.

Det var väldigt obehagligt. Kommer aldrig att glömma det.

Nu verkar det som denna jordbävning var över och det hade gått en stund så tankarna gick igen till Johans motorcykel och vad som hänt.

Viola ochTomas dök plötsligt upp.

"   Men är ni kvar, trodde ni drog till Chania."

"   Nej, Tomas och jag drog till den lilla stranden och badade och nu när vi kände jordbävningen så undrar vi om vi kan sova här inatt. Mamma lyste upp.

"   Javisst självklart, Det blir ju som när du var yngre. Vi har en extra madrass till Tomas.

Jag var mindre exalterad men fick låtsas som att jag samtyckte.

Mamma tog Viola i handen och de gick in och jag och Tomas blev ensamma. Georgos hade gått in och klädde på sig för att gå till grannen.

" Tomas, jag måste säga att något inte stämmer i min värld. Du träffade Viola på hotellet och det verkade som att ni inte kände varandra.

Och nu är ni förlovade.

" Ja, jag förstår, men vi kände inte varandra och jag visste inte att hon bodde där när jag kom dit. Vi har sett varandra en gång i Köping, på en fest, som hastigast. Hon kom strax innan jag gick från festen. Vi liksom började prata där och vi skulle inte ha slutat om det inte vore för att jag skulle på en träff med en kompis. Det var som att allt stämde, du vet väl hur det är, Du är ju gift."

" Ja, det är klart att jag gör, men vad hände sen."

" Jo det hände ingenting mer än att vi träffades på hotellet och åt en frukost tillsammans och en middag. Men som vi pratade. Utan slut.

Sen försvann hon och jag hörde ingenting. Nu efteråt vet jag att det hade något med din far att göra. Sen sågs vi ett par gånger och det är som vi känt varandra i decennier. Så efter det så tog det fart och vi förlovade oss ganska snart. Egentligen är det väl inte nödvändigt men vi kände att vi ville höra ihop. Vi har några relationer på halsen och det kändes väldigt bra denna gång. Och vi har det så bra. Vi gillar samma saker."

"   Ja, jag förstår. Som när jag mötte Alma. Det tog ju bara ett par timmar så vet man att man hör ihop. Skön känsla. Men jag måste fråga dig en sak. Du känner väl Johan, han som jobbar på resebyrån."

"   Ja visst, ja, känner och känner, men vi hade en del kontakt när det där hände med din syster. Vi träffades någon enstaka gång av en händelse och käkade ihop. Ett par gånger fikade vi, det är allt. Varför frågar du det. "

Jag visste inte riktigt hur jag skulle lägga upp det hela.

"   Det är så här att när ni åkt hittade jag Johans motorcykel nedanför olivlunden. Helt demolerad.

Jag försökte tolka Tomas reaktion och han såg helt chockad ut.

"   Hm men va fan, hur kommer det sig. Jag såg honom senast i förmiddags. Någon har stulit den och åkt hit och kört ner den här vid en sluttning. Men är den kvar där eller?

Nej jag drog upp den och vi ska titta på den imorgon. Det kanske inte är hans.

Vi samlades hos mamma och Georgos.

Jag drog mig tillbaka till mitt.

Tomas och Viola skulle stanna över natten och jag hade erbjudit dom att bo hos mig som hade fler rum men de insisterade på att bo hos mamma.

Jag gick hem till mitt. Väl hemma lät jag ytterdörren stå öppen och la mig på soffan i köket där jag hade utsikt över havet genom dörren. Här ska öppnas upp och det ska var möjligt att ha havsutsikt genom stora panoramafönster. Mina tankar for iväg för att i nästa sekund försvinna i sömnens värld och jag vaknade flera timmar senare av att någon knackade på dörren.

"   Hallå, Alex, är du vaken."

Jag reste mig från soffan och hasade mig fram till dörren som var halvöppen.   Mobilen visade på över tolvslaget.

"   Alex, måste få prata med dig, det gäller

Johan. Jag blir galen på det som har hänt och undrar om det verkligen är sant."

".   Ja vi blev väl alla snopna, men jag måste sova. Kom igen imorgon, Tomas. Godnatt

"   Okey, sorry. Vi ses imorgon."

Jag stängde till dörren och släpade mig in till sovrummet där katten låg och sov. Puttade undan henne lite och vi somnade bredvid varandra.

Torsdag

Vaknade av ett otroligt fågelkvitter. Fönstret stod öppet och solens strålar lyste upp hela rummet.

Låg kvar i sängen och bara njöt av det och dofterna i detta hus. Det var en doft av kärlek, en omfamnande hemkänsla. Katten sov fortfarande vid mina fötter. Jag hörde röster utanför, steg upp och öppnade dörren på vid gavel. Satte mig i stolen strax utanför endast iklädd pyjamas.

Mamma kom och serverade mig en kopp kaffe och en ostsmörgås. Blev väldigt rörd. Vad kan vara bättre än detta.

Tomas satte sig mittemot på den andra stolen och han fortsatte envetet samtalet från kvällen innan.

"   Jag har inte sett Johan på länge men han ringde faktiskt till mig i förra veckan och vi surrade lite. Han hade fått ett par dagar ledigt och tänkte köra ner till Elafonissi. Han undrade om jag ville följa med med jag hade redan pratat med Viola att vi kanske skulle åka hit. Och nu när du berättade om det som hänt blev jag lite konfunderad. Det var därför jag kom hit nu för jag ville prata med dig."

När han ringde till mig så hade han grälat med någon på kontoret om Irini´s väska. Du vet ju att han tittade i den för att hitta något som du ville ha. Till mig sa han inte vad det var men han tyckte att den som hade blivit mest arg var en person han inte räknat med, sa han.

Men han nämnde inget namn till mig. En på hans kontor ringde dock till mig och frågade om jag visste var Johan var."

"   Johan kanske åkte med någon annan till Elafonissi."

"   Kanske, kanske inte. Han hade inte skapat så många kontakter här i Chania. Men man vet ju aldrig."

Jag gick in och kokade lite mera kaffe. Solen hade kommit upp bakom bergen och det skulle bli en varm dag. Det blev inte mycket till konversation utan vi drack vårt kaffe under tystnad. Vi flyttade till baksidan där vi var skyddade från blåsten som hade tilltagit och vi syntes inte från något håll. Jag gick in och fyllde på kaffe. Min mobil ringde.

" Ja, Alex här. "

Det blev tyst i andra änden.

" Hallå, vem där." Jag tittade på mobilen och det var naturligtvis okänt nummer.

Tomas hade rest sig från stolen på baksidan och gett sig ut på framsidan. Det blåste ordentligt nu. Jag hängde på men såg honom inte. Sökte med blicken men han syntes inte. Men vart försvann han.

Plötsligt hörde jag en bil starta och köra iväg. Hörde Georgos och mor ropa hejdå och förstod att Tomas och Viola gav sig iväg igen. Jag gick mor till mötes och hon förklarade:

De ville åka för Tomas hade något han måste göra I Chania.

Orkade inte tänka klart. Varför sa de inget innan de for iväg. Slängde en blick på mobilen. Alma hade ringt när vi hade varit ute. Hon hade ringt två timmar tidigare. Funderade en stund och ringde. Det gick fram ganska många signaler.

"   Alma, kära du, hörde inte din signal."

"   Alex, ville mest säga godmorgon och om det hänt något nytt."

"   Javisst, Det är mycket att berätta. Det är så vackert här och jag har träffat en del grannar. Hur mår barnen.

"   Alla vi mår bra men längtar efter dig. Tack för senast förresten."

Jag log för mig själv.

"   Tack själv..." Där blev det en paus.

"   Som sagt, vi mår alla bra och jag är ledig fram till lunch. Ska laga lite mat och gå på ett kort möte strax innan.

"   Vi kan höras senare så ska jag berätta allt som hänt. Kram."

"   Kram."

"   Godmorgon Alex, nu är det dax att åka till Elafonissi och bada. Packa ner det du behöver och kom över till oss när du är klar."

Georgos var en morgonpigg herre. Han försvann och jag bytte kläder och packade ryggsäcken med det jag behövde. Gick över till mamma. Vi åkte ner till stranden och det var inte mycket folk. solstolarna var tomma. Vi badade direkt och vattnet var svalt och friskt.   Det var som renlighetsbad. Vi tog en promenad i vattnet till ön. Det var bara några få människor   där. Vi tillbringade nästan en   timme utan att vi förstod det. Jag fotade allt jag kunde se framför mig. Specifika växter och en hel del fåglar. Ön är skyddad av NATURA 2000.

Georgos syntes helt plötsligt inte och jag frågade mor var han befann sig. Hon vände sig om och sökte med blicken men kunde inte se honom. Vi ropade ett par gånger men inte. Oron började lägga sig som en slöja runt bröstet.

" Är det mig ni söker."

Han hoppade fram bakom en buske där han studerat någon ovanlig växt.

Mor stod vid sidan om och såg ganska trött ut och jag frågade hur hon mådde.

" Det är svårt, har sovit dåligt. Har dock sovit lite på morgonen. Men vi stannar här ett par timmar och jag har lite lunch med mig. Vi behöver koppla av lite."

Vi skulle stanna i Elafonissi ett par timmar.

Ringde till Alma på messenger och visade henne Elafonissi. Tog en promenad med mobilen och filmade"

" Alex, så vackert." Nu måste jag iväg. Kram till er allihop."

" Puss o kram o pussa på barnen."

Vi stannade en bra stund efter lunchen. Två egna solstolar hade vi och mor o Georgios sov en stund medan jag tog en promenad i vattnet och gick till höger. Ett område på den sidan hade solstolar. Gick förbi dom och hamnade i vik med små svartvita runda stenar. Tamarisk-träden, som var många, gav en god skugga och inte en människa där. Satte mig på ett stenblock och fotade, funderade på allt och alla. La mig ner en stund på den steniga stranden och somnade faktiskt. Vaknade av att en hund kom och slickade min fot. Ingen ägare med men den verkade van vid människor. En ganska stor hund med lång nos och långa ben. Släthårig, melerad brun och svart. Den satte sig en bit ifrån och bara iakttog mig på avstånd.. Jag sträckte på mig återvände tillbaka till huvud-stranden och där låg mor o Georgos och sov fortfarande. Georgos snarkade ganska mycket så jag puttade lite på honom. Han vände sig om och fortsatte att sova. Jag gick in i havet och simmade. Vi hade varit på stranden i flera timmar och det kanske var femtio personer där. Undrar hur det var på sommaren. Det fanns hotell och Airbnb-hus hela vägen från Elafonissi och mot Kissamos. Säkert mycket folk. Dessutom kom det ett antal bussar med turister varje dag. Hade Georgos berättat.

Tittade upp mot stranden och såg att mor vara vaken. Jag vinkade till henne och hon kom och tog ett dopp och likaså Georgos

"   Alex, vi sov ganska länge men det var skönt. Jag har kaffe med mig så om ni vill tar vi en kopp innan hemfärd."

Det tyckte vi var en bra idé.

Vi bytte våra baddräkter mot lite torrare kläder och drack kaffe samtidigt sen tog vi bilen och åkte sakta hemåt. Vi passerade en del restauranger som var halvöppna och en del höll på att göras iordning. En Mini-market fanns det i byn Chrissoskalittissa. Öppet året runt, sa Georgos.

Bra ett veta.
Dagen flöt på i lugn och ro. Christos, grannen, kom över en stund framåt kvällen för att låna något av Georgos.
Vi pratade en stund med honom om oliver och lite av varje. Mor serverade en del matrester och sen blev det champagne och ost, som jag tagit med och glömt. Annie kom över och vi firade mitt arv till sent tillsammans med dom. Riktigt trevligt.
Framåt midnatt blev det för mycket för mig. Hade druckit en hel del champagne. Tackade för mig och stapplade hem.
Hemma väntade katten och den låg kvar hos mig när jag somnade i den smala sängen.

Fredag

Huvudvärken låg över pannan som ett hårt bandage. Ville inte öppna ögonen då det var ljust. Med kisande ögon satte jag på en panna kaffe, det skulle nog räcka. Öppnade kylen och tog fram en ostpaj som mamma gett mig igår och som jag inte hade orkat äta upp.

Men hur mådde hon och Georgos?

Slog en signal men fick inget svar. Bara strax efter sju. Ojdå, de sov nog.

Hällde upp kaffet och slog på datorn och TV4. Morgonnyheter. Det blir väl att skaffa en TV här sen så man kan följa nyheterna i Grekland. Det måste man.

Tog en dusch i svalt vatten. Något har hänt med vattenberedare eller solceller. Det får vara för denna gång. Men det var ett bra uppvaknande.

Fyllde på kaffemuggen och tog en stol och satte mig ute.

Mobilsignal:

" Godmorgon Alma, min kära maka. Hur mår du?

" Det är bra. Väckte jag dig? Jag är så nyfiken på vad som hänt.”

" Okej, Ca 500 meter framför huset finns ett stup, mot havet till. Det ser inte så himla djupt ut men det är snårigt, massa buskar och gamla torkade kvistar. Man ser inte riktigt slutet på stupet. I förrgår gick jag dit för att titta ut över havet för det är fantastiskt vackert, då jag såg något som glimmade. Du vet när solens strålar träffar ett blankt föremål eller glas. Jag tittade ner på det som glimmade och fick då se Johans motorcykel.

" Vem var Johan, någon du känner..."

" Ja han som var reseledare och hjälpte mig när Irini dött på planet."

" Ojdå, men vad gjorde hans motorcykel där."

”. Ja, Alma det vet vi inte. jag, mamma och Georgos var här när vi hittade den. Senare kom också Viola och Tomas. Viola, min kusin. Hon och Tomas har förlovat sig.

" Va, men kom inte det lite hastigt?”

” Det kan man tycka, vi tar det sen.”

Vi åt i alla fall tillsammans och hade trevligt. Jag visade Tomas motorcykeln som jag då hade dragit upp dagen innan, i onsdags alltså.

Mamma ropade:

"   Alex, vill du ha lite kaffe?"

"   Ja, jag kommer, pratar med Alma.".

"   Alma, vi gick sen till mamma o Georgios för att äta lite tillsammans med Tomas och Viola, jag gick sen hem hit till vårt hus och efter en stund kom Tomas och vi pratade lite om Johan då det ringde någon på min mobil och lade på.

Sen helt plötsligt var Tomas borta. Han hade åkt, sa min mamma.

Kvällen flöt på i lugn och ro. Christos, grannen, kom över en stund för att låna något av Georgos.

Vi pratade en stund med honom om oliver och lite av varje. Mor serverade en del matrester och sen blev det champagne och ost, som jag tagit med och glömt. Vi firade mitt arv till sent tillsammans med Christos och Annie. Riktigt trevligt.

Tröttheten tog över och jag lämnade sällskapet.

Hemma väntade katten och den låg kvar hos mig när jag somnade i den smala sängen."

Samtalet tog slut och jag med, Svårt att återge men jag tror jag fick med allt.

"   Mamma, jag kommer över och dricker kaffe. Ska bara klä mig lite mer propert."

Nu var det jag, mamma och Georgos. Kändes skönt.

Vi pratade i flera timmar. Mamma hade jobbat alla år inom turistnäringen och Georgos hade studerat och arbetat som lärare i Grekland.

Mamma hade besökt Sverige vid ett par tillfällen och försökt att få tag i mig och hämta mig. Men eftersom pappa hade hjälp att hålla ett öga på farmor och mig så var det nästintill omöjligt. Det var så eftersom det fanns inga bevis för hustru-misshandel och mamma hade övergivit sitt barn. Det var ingen bra utgångspunkt.

Efter lunch gick jag hem till mig. Jag rensade en del i förråden på baksidan. Tog in möbler som jag skulle kunna använda. Det som inte skulle användas lade jag i ett av förråden. Rummet med tavlor och allt som hörde till gjordes iordning ordentligt. Många tavlor skulle in i huset. Hittade porträtt av förmodade släktingar. Det vore något att ta upp med brorsan.

Jag gick igenom kylen och såg att jag kunde bjuda mor och Georgos på middag.

Slog en signal till mor:

"   Mamma, jag har så mycket ätbart i kylen så jag vill bjuda er på middag ikväll."

"   Kära du, det tackar vi för."

Jag fortsatte med förråden, där jag hittade ett album med foton från tidiga nittonhundra-talet.

Fanns även gamla dokument som skulle vara intressant att kunna tyda. De var på grekiska,hm lite komplicerat.

Mörkret började lägga sig och jag satte igång med maten. Mamma och Georgos kom och vi hjälptes åt. Skulle lämnat idag men vi åker tillsammans imorgon. Annars hade jag åkt med Tomas och Viola.

Vi satt inne hos mig och åt. Vid det stora köksbordet. Jag hade städat köket och badrummet idag, ordentligt.

Det var lugnt och skönt, dörren stod öppen och vi kände en svag bris utifrån.

Georgos påminde mig om att vi skulle titta på motorcykeln."

Herregud, det hade jag glömt bort. Vi gick och undersökte motorcykeln. Vi lät den ligga kvar.

Jag kunde inte se om det var Johans motorcykel Fanns ingen registrerings skylt. Tog foton och skulle fråga Johan vid tillfälle om det var hans. Vems var det då, kunde jag tänka. Så länge hade den inte legat vid vår tomt.

Kvällen blev inte så så sén. Mor och Georgos var trötta och nöjda så vi sa godnatt.

Pratade lite med Alma och barnen och sen kom katten in och vi kunde gå och lägga oss. imorgon skulle vi ge oss iväg. Lite sorgligt.

Lördag

Jag vaknade av att någon ropade. Steg upp och öppnade dörren ut mot min härliga olivlundar. Där stod mor.

" Alex, min käre son, är du klar att åka?"

" Ja, mamma. Packade igår kväll men vill gärna åka efter lunch. Ska gå igenom det sista så jag får med mig allt. Det tar ju ett tag innan jag kommer tillbaka. Vad tycker ni?"

" Det blir väl bra. Ta ur dina kylvaror och ge dom till mig så du kan stänga av."

Jag gick igenom hela huset och låste. Tog med mig nyckeln. Kontrollerade alla förråd och gav de nycklarna till Georgos. Min packning slängde jag in i bakluckan på bilen.

Mor hade kokat ihop en rejäl brunch som vi pt i lugn och ro. Vi blev proppmätta. Vi hjälptes åt med disk och väntade på att mor skulle bli klar. Hon gick en vända runt lilla huset, låste och vi var klara för avfärd.

Vi stannade inte någonstans på vägen utan åkte motorvägen till Chania. Vi sa inte så mycket under resan.

Mor fick ett samtal och vände sig om och frågade:

” Alex, kommer du till oss på middag vid tre-tiden. Manolis med familj kommer.”

” Ja det vore trevligt.”

Jag bad att de skulle släppa av mig vid 1866-torget.

Jag gick nerför Chaildoni och stannade till lite vid Remezzo och tänkte ta mig en öl. Letade efter någonstans att sitta då jag såg en person som jag kände igen. Det var Tomas. Jag vände och skulle gå när jag hörde någon ropa mitt namn. Jag vände mig om och mycket riktigt, det var Tomas som ropade. Lite tveksamt tog jag mig fram till hans bord.

" Slå dig ner, jag beställer en Alpha-öl

" Okey.

Jag satte mig ner med viss tveksamhet. Kändes inte bekvämt. Hade ingen lust att konversera med Tomas. Jag tog en klunk av ölen och väntade på att han skulle starta samtalet.

" Alex, detta är inte lätt, vet inte var jag ska börja. Jag kände din syster Irini och hon bodde hos mig när Sofia bodde där. Jag och Sofia är syskon och Claes är en kusin på min mors sida. Du måste veta också att din mamma och min är fjärde kusiner. Sofia var lesbisk och jag förstår också att hon var en stalker. Jag vet att det var din Alma som råkade ut för henne. Hon var inte den första i Sofias iver att hitta en flickvän. Konstigt beteende av henne, en sån besatthet. En av de tjejer hon uppvaktade, `stalkade`, drabbades av en psykos och blev inlagd på psyket. Då anmälde jag faktiskt

Sofia som fick besöksförbud men det gick inte så bra. Sofia blev senare anhållen och fick dagsböter och tjejen i fråga blev förflyttad till ett annat psyke. Men jag har hört att hon har repat sig.

Men hon tog inte livet av sig på din uppgång till ditt hem. Hon blev knivhuggen hos en annan tidigare flickvän men drog därifrån och tog sig till er med livshotande skador. Så när du kom ut så föll hon ihop och dog.

"   Men varför tog hon sig till oss.

"   Ja, det kan man undra men hon var ju inte speciellt logiskt i sitt handlande.

"   Men jag tyckte jag hörde ett skott..."

"   Det verkar konstigt."

Orkade inte höra mer. Han hade dessutom sagt till mig att han var konsult i ett stort företag. Vilket förmodligen inte var sant. Han var bror till Sofia och det var väl sant. Han var kusin med Claes, och det var ju också en Bergström. Ville inte höra med det efternamnet.

Jag ursäktade mig och sa att jag måste iväg för uträtta några ärenden, flyger hem imorgon. Så vi ses på flygplatsen. Vi kanske åker med samma plan. Ha det så bra, vi ses säkert.

"   Okey."

Jag tvivlade mycket på hans historia. Vi kommer kanske vara på samma plan imorgon. Jobbigt.

Jag reste mig snabbt och småsprang till Nora. Lämnade mitt bagage, tog en snabbdusch, klädde mig i finaste skjortan. Bestämde att köpa med mig lite leksaker till brorsbarnen och gå till foto affären och dra ut några foton på mig och familjen. Köpa några ramar och ge dem.

Gick till butiken "Publisher" som har allt möjligt från spel till böcker.

Spenderade minst en halvtimme där och införskaffade två böcker och två spel. Spelen kände jag igen från Sverige även om de var på grekiska men böckerna fick jag hjälp med av en trevlig expedit.

Sen blev det fotoaffären och där valde jag ut fyra foton och ramar därtill och därefter gick jag till en liten blomsterbutik och köpte blommor till mamma och Manolis fru, Manuella. Tiden räckte till att ta en dricka och vila en stund. Gick till Remezzo naturligtvis och njöt av en lättöl och studerade turister som blivit fler sen jag anlände för två veckor sedan. Gick igenom min mail, men det var inget speciellt. Var på väg att betala ölen då jag får en klapp på axeln och jag vänder mig om och tittar rakt in i ögonen på Viola.

" men Viola, kära nån, var har du varit?"

Hon var klädd i långärmat och långbyxor och med en schal på huvudet. Hon slog sig ner på stolen precis bredvid mig och nästan viskade.

" Alex, jag gömmer mig för din far och Manolis som nu också är här.

" Viola. följ med mig till mor, jag ska dit och äta lunch om en halvtimme. Vi kan gå nu. Har du sett dom?"

" nej, jag tror inte det."

"   Okey, la pengarna på bordet för ölen och vi gick till en butik i närheten och jag köpte mig en solhatt och en kaki färgad långärmad skjorta, lite större än min storlek.

Vi gick ut och svängde uppåt från Remezzo och begav oss på de tomma bakgatorna i Chania. Det kändes som vi smög i gränderna och vi pratade knappt.

Det tog ca 20 min tills vi var framme vid huset och jag öppnade grinden och vi klev in. Nu hoppades jag att Viola inte skulle vara i fara.

Ringde på dörrklockan och mamma öppnade och hon slet in Viola och kramade och pussade henne i en i mitt tycke evighet. Förståeligt, hon var ju som en dotter och en familjemedlem.

Viola förklarade situationen så Georgios drog för gardinerna och Viola kunde ta av sig sin täckmantel och koppla av.

Manolis med fru och barn var redan på plats. Jag delade ut presenter, foton och blommor.

Det var uppskattat, speciellt fotografierna.

Vi pratade i munnen på varandra medan barnen lekte med sina nya leksaker och spel.

Viola berättade för oss sin historia i korta drag. Den var innehållsrik måste jag säga men vi bestämde att det fick vänta och att nu skulle vi koppla av tillsammans och äta gott och njuta av denna dagen i varandras sällskap. Viola skulle stanna hos mamma och Georgos tillsvidare. Mamma sa att hon fick inte gå ut, de skulle handla och laga mat. Det dukades fram mycket god mat, kretensiskt blandat med lite svensk touch.

Vi skålade i lokalvin, vi pratade och skrattade och Manolis var en hejare på roliga historier, på engelska t.o.m

Lunchen höll i sig hela eftermiddagen mot kvällen. Alla satt och småplockade.

Vid 19-tiden serverades kaffe och frusen cheececake. Det är det bästa jag vet. Speciellt den som min mor gör, med citronsmak.

Vi reste oss från köksbordet och hjälptes åt att plocka av innan kaffet serverades. Alla hjälpte till, även barnen.

Vi flyttade till vardagsrummet med stolar från köksbordet. Det var så underbart härlig stämning och ett familjeliv som jag aldrig upplevt tidigare. Klockan gick och Manolis gav sig av först strax före tio. Vi kramades och bedyrade att detta var bara början på en ny familjerelation. Han sa också att han vill gärna se Sverige. Kanske han kommer och hälsar på oss. Det vore en dröm. Manolis var väldigt lik min mor. Kraftigt byggd men inte tjock. Han var längre än mig och hade bara lite lockar i sitt korta hår. Inte så bångstyrigt som mitt.

Jag berättade att vi kommer ner i sommar och stannar ganska länge. Alla blev superglada och mamma började dessutom att fälla tårar av glädje.

Jag stannade en timme till och Viola verkade lugn och trygg i att vara hemma hos mor.

Hoppas att det inte händer något igen och att hon får vara ifred.

Gav mamma en jättekram och Georgos kysste mig farväl på kinden, likaså Viola.

Öppnade dörren och gick ut i den svala natten.

Vinkade tills jag kom till grinden och funderade på det som Viola berättat. Kan det verkligen vara sant Tog en långsam promenad längs kajen för att fundera lite på Viola.

Gick ner till hamnen och satte mig på en träsoffa.

Det var lätt att hitta en plats men i säsong var det näst intill omöjlighet att sätta sig på dessa soffor.

Funderade på vad jag skulle göra. Bestämde att inte ringa till min mor så här sent.

Jag försökte att koppla av detta för nu och ta upp det imorgon bitti.

Satt kvar en stund på bänken för att lugna ner mig men reste mig ganska snabbt och snart och

rundade museét och närmade mig Nora då jag fick se Tomas igen. Jag stannade så han inte kunde se mig. Han pratade med någon.

Jag stod blixtstilla för att se om jag kunde se vem han pratade med. Det drog ut på tiden men

plötsligt gick han mot Nea Chora med William.

Trodde jag skulle svimma. Huvudet kändes helt tomt och jag bara stod som förstenad och stirrade på dem när de gick.

Jag rörde mig inte ur fläcken förrän de försvann ur min åsyn och då gick jag upp till mitt rum med tunga steg. Satte mig på sängen och kunde inte få ihop saker och ting.

Tiden gick och jag kom till sans en lång stund
senare. Steg upp från sängen, kanske hade
somnat, visste ej om jag lagt mig ner eller inte.
Gick in i badrummet och tog av mig kläderna och
ställde mig i duschen. Skruvade på hett vatten och
lät det rinna över mig som att det skulle få hela
händelsen att försvinna. Löddrade mig från topp
till tå, kanske gick att tvätta bort.
Klädde mig i ett par långbyxor och en tröja. Gick
ut på balkongen och såg att det var öppet nere på
gatan. En hel del turister satt och åt.   Slängde
jackan över axeln och gick ner och beställde lite
mat och en stor stark. Kände mig frusen ikväll.
Ringde upp Alma som inte svarade. Ölen
serverades ganska snabbt och jag tog en stor
klunk, nästan halva glaset. Slog en signal igen till
Alma, inget svar.
En av mina favoriträtter här på Kreta är grillad
fläskkotlett. Man behåller liksom hela filén och de
är så saftiga. Och får man hemlagad pommes till,
då är min lycka fullständig. Ville inte att den skulle
ta slut.
Slängde en blick på mobilen. Klockan var   runt
midnatt och det var en sval kväll. Funderade lite
och bestämde mig för att ringa imorgon.
Nu var kotletten uppäten. Hade gnagt på benet
nästan en halvtimme....ha ha ha.
Språkat lite med ägaren innan de släckte ner.
Trevlig kille i 40-års åldern.
Ölen hade påverkat mig lite. Eftichis stod utanför
pensionatet när jag kom och jag sa bara godnatt

och gick upp för trappan som var extra lång ikväll.
Det var runt midnatt och jag var trött. Det hade
varit en fantastisk dag med familjen.
Sängen väntade på mig och jag lät den inte vänta.
Ölen hade gjort att samtalet om Viola hade
bleknat. Sömnen kom innan huvudet hamnat på
kudden och skorna åkt av fötterna.

I Medåker

Samma kväll

Jag gick sakta till min mor sent denna kväll. Hade haft en hektisk dag med mycket jobb. Dels på jobbet och sen en intervju med en lokaltidning om verksamheten. Jag hade också gjort ett besök på banken och på kvällen var det en SPA-afton med en föreläsare. Det hade blivit sent för efter att alla intresserade gått så tog alla inblandade ett glas vin och gick igenom hur kvällen varit.

Det betydde att klockan närmade sig midnatt och det var väldigt tyst i Medåker en vardagkväll som denna. Aprilväder hade det varit nu en vecka in i maj så denna kväll var det väldigt kallt och blåste rejält. Jag tog upp mobilen och såg att Alex hade ringt men tyckte det var för sent att ringa. Fick vänta till imorgon. Det var inte långt till mamma men när jag var precis på gaveln till hennes länga tyckte jag mig sig se något i mörkret. Något som rörde sig. Tog fram mobilen och fotade. Utan blixt förstås. Det var någon där, utanför Claes och Berits hus. Det var svårt att se för månen var inte ens halv och lyste inte upp speciellt mycket. Jag stod still och väntade. Kände mig lite osäker men inte direkt rädd. Stod där i en evighet, tyckte jag. Personen ifråga stod stlll, som att hen väntade på nåt eller någon. Hen hade mörka kläder så det var svårt att se. Funderade lite hur länge jag skulle vänta för snart skulle mamma ringa och undra vart jag tagit vägen. Stängde av ljudet på mobilen.

Men jag stod kvar en stund till och plötsligt öppnades dörren till huset och personen i fråga klev in. Vad var nu detta. Det kunde ju vara någon i familjen som kom sent hem.

Jag gick hem till mor samtidigt som jag höll ett öga på huset. Ingen belysning i huset som jag kunde se. Kanske mörkläggningsgardiner. men det har man väl bara i sovrummen. Det var väldigt mörkt.

Öppnade dörren och i hallen stod mamma och väntade. Hon kunde inte sova, sa hon. Det var som när jag var ung och kom hem sent. Då satt mor vid köksbordet och drack te´.

"   Men kära mamma, du måste sova. Jag är vuxen nu och får vara ute lite senare."

"   Ja, ja kära dotter, men som mamma så går det aldrig över. Det kommer du bli varse så småningom när Matheus och Irma växer upp,"
sa hon och blinkade med ena ögat samtidigt som hon gick och lade sig.

"   Godnatt, kära dotter."

"   Godnatt, kära mor."

Jag gick in i badrummet och tog en dusch och gick in i rummet där barnen låg och hämtade min pyjamas. Barnen snusade så gott. Jag smög ut ur rummet och stängde dörren.

Jag drog mig till köket och tog en apelsin och satte mig ner en stund och bara tittade ut genom fönstret. Plötsligt såg jag en bil komma rusande mot Claes hus.

Den stannade inte vid huset utan körde in i det.

Jag slog 112 och försökte trots min upphetsning att förklara situationen.

De skickade en bil som skulle komma inom 10 minuter.

Bilen kraschade hela ytterdörren och en bit av garaget. Jag slängde på mig min långa kappa utanpå pyjamasen och rusade bort mot deras hus.

Vet inte riktigt hur jag tänkte men bilen stod kvar halvvägs in i hallen och föraren hade försvunnit.

När jag kom tillräckligt nära ropade jag på Isabella och Pierre.

" Hallå, är ni där.

Hon hörde barnen som skrek och hon tittade i bilen och hon såg något paket som låg där, och började skrika.

" Isabella, Pierre, spring ut på baksidan, det kan vara en bomb i bilen, hörde ni."

" Ja vi kommer ut."

Jag gick till baksidan och mötte upp familjen och tog de med sig hem. Just som de kom in i köket hördes en smäll och himlen blev röd.

De vände sig om och halva bilen hade exploderat och huset stod i lågor på ena sidan. Polisbilen kom precis och fick stanna en bit ifrån. De hade brandbilen och ambulansen bakom sig på lagom avstånd.

Jag lämnade familjen tillsammans med min mor, Irma o Matheus i köket och gick ut till poliserna.

" Hejsan, familjen är hos mig. Om ni vill fråga någonting så kom in till mig."

*Hon vände och gick därifrån. Brandbilen hade
redan börjat släcka branden och det var släckt på
en halvtimme*

*Jag satte på tekokaren fast det var mitt i natten
och skickade ungarna i säng hos mormor. Vi sov
ju hos mormor så Bella med familjen fick sova hos
oss. Oscar och Ebba hade redan gått upp på
över-våningen. Jag serverade Té medan Isabella
och Pierre hade satt sig ner vid köksbordet. De
såg smått chockade ut. Det sades inte så mycket
och de drack sitt te under tystnad. Det gick en
ganska lång stund innan polisen kom och de fick
också lite te.*

*Brandkåren kom över till oss och har släckt elden
Den ena polisen tog till orda.*

*" Det var inte så illa som det såg ut. Vi körde bort
bilen. Vi har tittat igenom huset och ni kan inte gå
dit som det står nu i kväll. Ni ska vara glada över
att Alma gick hem sent från sitt SPA, annars vet vi
inte riktigt hur det kunde ha gått. Hoppas att de
finns möjlighet att ni kan sova här eller någon
annanstans."*

*Alma förklarade att hon hade plats om de ville.
Barnen sov nog.*

*" Vi kommer tillbaka imorgon när det är ljust. En
av oss stannar kvar och vaktar huset eftersom det
inte går att stänga. Det kommer en bärgningsbil
snart och hämtar bilen.*

*God natt och hoppas att ni kan sova några
timmar, det gör gott."*

Isabella och Pierre stannade i köket medan jag visade var lakan och handdukar fanns om de vill byta inatt. De sa godnatt och nu gällde det för alla att få lite vila.

Söndag

Uppvaknandet blev lite stressigt när mobil-
signalen väckte Alex.

"   Ja, godmorning."

"   Men Alex, det är ju jag, Alma."

Blev liksom väckt kan man säga, svarade nästan i
sömnen.   Tappade mobilen i golvet och den for
under sängen. Nu hittade jag den, ha ha. Hur mår
du och vad är klockan."

"   Alex, klockan är ca sju och jag mår bra."

Jag kunde inte låta bli att skratta.

Matheus kom in i köket och såg inte så pigg ut"
Mamma, var sover Sebastian och Viktoria."

"   De sover i vårat hus, hela familjen." Det blev
han nöjd med och gick och lade sig igen.

"   Alex, det har hänt saker här. "

"   Va...."

"   Ja, lyssna noga nu."

Alma berättade om händelsen i går kväll så gott
det gick. Hon blev väldigt upprörd när hon nu
berättade vad som hänt.

".   Vi ska äta frukost nu och gå hem. Senare
kommer väl polisen för att gå igenom händelsen.
De var här igår men de gjorde inte så mycket mer
än att säga att ingen skulle bo i deras hus över

222

natten. Det måste göras iordning. En polis blev kvar under natten utanför deras hem.

" Men det låter inte riktigt klokt. Du måste höra av dig så jag får höra vad som hänt. Här är också lite turbulens men vi kanske ska ta de senare.

" Ja, jag ringer dig sen för nu kommer poliserna." Alma avslutade samtalet

Alex satt med telefonen i handen och var tvungen att gå igenom samtalet för sig själv. Han förstod knappt vad som hänt. En bil som kört in i Claes hus, exploderat, den familjen sov i vårt hus eftersom Alma och barnen sov hos mormor.

Sakta reste jag mig från sängen och började leta efter kläder i väskan. Tog fram ett par nya shorts och en T-tröja, kalsonger, tog en dusch, klädde mig och drog ner till fiket.

Skön känsla att vara på fiket där det var likadant som igår. Min frukost serverades som vanligt inom nolltid. I dag skulle jag packa för avresan. Lutade mig tillbaka i stolen och beställde en kaffe till, tittade ut över havet med blank blick. Funderade på det Alma berättat och undrade vart det skulle leda. Hur kunde allt detta hända och varför.

Så blev jag sittande tills någon kom och klappade mig på axeln. Var helt oförberedd och reste mig så hastigt att stolen jag suttit på höll på välte.

" Hej Alex, sitter du här och ugglar."

Det var Viola. Jag gav henne en kram och bad henne slå sig ner.

" Men Viola, va du skrämde mig."

223

"   Ja, jag förstod det. För jag kom nerifrån och trodde du såg mig eftersom du tittade åt det hållet. Du måste ha varit väldigt långt borta.

"   Jo det kan man lugnt påstå. Men hur mår du. Du ser inte ut som att du har varit så dålig som jag trodde du var.

"   Alex, jag har huvudvärk, kanske för att Tomas är så oberäknelig. Vet inte var jag har honom. Jag har inte hört något dessa dagar så jag avvek idag från din mor. Vill åka hem."

Jag beställde en kaffe till Viola. Viola besökte WC Det tog en stund för Viola att komma tillbaka. Såpass att jag undrade om det hade hänt något. Men just då dök hon upp.

"   Alex, vill du var vänlig att gå in på WC och titta till höger där det sitter tre killar/karlar. Vänd inte sen utan gå upp till WC, och när du kommer tillbaka så får du berätta om du känner igen någon av dem."

Jag gjorde som jag blivit tillsagd. Gick in på fiket och passerade ett bord med tre karlar. Försökte att titta lite men de hade blicken mot mig så jag gick upp på WC och efter en kort stund återvände jag och försökte att lokalisera de tre mannen men de var borta. Gick mot mitt bord.

"   Viola, de har gått." tittade mig omkring men var hade Viola tagit vägen, hon var som bortblåst.

Satte mig på min plats när servitören kom fram till mig och lämnade ett meddelande. Han hade hittat det inne på fiket, vid kassan. Han visade det för mig och det stod Alex på det.

Jag tackade och öppnade det och började läsa.

` Alex, jag tror att de tre som sitter på fiket till höger har nåt med Tomas att göra. Därför bad jag dig att gå in och studera dem. Men samtidigt vet jag inte vad de spelar för roll och därför detta meddelande. Om jag inte är kvar när du kommer tillbaka efter WC så tog jag ett foto på dem i smyg från vårt bord, skickar det till dig när jag kan. Annars fråga servitören om han vet något om dem. Kram`

Slut på meddelandet.

Jag gick i till servitören och frågade om han visste vilka tre karlar som suttit vid bordet i hörnet.

Han tittade sig omkring och sa:

" Alex, de är stamkunder här, men jag vet inte så mycket om dom mer än att de inte är härifrån. De pratar grekiska med brytning, men jag tror också att det pratar svenska. Jag känner ju igen dom, du vet, men vi har inte pratat men varandra. Men i alla fall så gick de fram till din vän och tog henne med sig. Det såg inte något konstigt ut, vad jag förstod, som om de kände varandra sen tidigare."

Jag slog en signal till Viola fast jag visste att hon inte skulle svara. Efter en signal meddelades att den var avstängd.

Jag satt kvar och drack ur resten av kaffet, betalade och gick tillbaka upp på rummet.

Vände, gick och satte mig på den gemensamma balkongen på samma våning.

Det fanns en tomhet i mitt huvud. Hur skulle jag tänka nu. Funderade på om jag skulle slå en

signal till min mor. Funderade på om Viola
verkligen kände de där männen på fiket eller om
de hotade henne på något sätt.
Jag fick ingen ordning på mina tankar.
Mobilen surrade i shorts-fickan. Tittade inte vem
det var.
" Ja, det är Alex här."
"   Hej Alex, det är Jacob McKinskey hörde att du
är på Kreta."
"   Ja, hej, hej, det stämmer."
"   Var på Kreta är du?"
"   Chania."
"   Jag befinner mig också här, med anledning av
en konstnär som jag känner. Kan vi ses över en
lunch idag?"
" Ja, det blir bra, var?"
Han ropade på sin vän och de hördes svagt i
bakgrunden.
"   Hej, jag heter Ulla. Jag bor i Chania, Nea
Chora. Vi kanske kan ses på piren, säger hon. Vet
du var det ligger."
"   Javisst, bor 10 minuter därifrån."
"   Ok, ska vi ses där vid lunchtid. Vi hörs via
mobilen."
" Ja det blir perfekt.
Det var bra, nya inputs, nya människor. Känner
mig trött på alla Bergströms här och där och min
far som man inte vet var man har.
Jag satt kvar ganska länge och funderade på vad
Alma sagt imorse. Det som händer, kände jag,
rörde inte oss. Min familj hade inget med det som

sker. Vi är bara någon slags bricka för olika spel. Undrade vad som var grunden till det. Reste mig och gick in på rummet och hämtade kameran. Tog en promenad inne i stan för att handla det sista. Idag blåste det så mycket att det var svårt ett gå via hamnpromenaden runt muséet för då blev man dyngsur. Men det var vackert med havet som slog uppemot kajkanten. Gick ner till havet via baksidan av museét och fotograferade. Men en del hade det svårt för vattnet nådde ända in i restaurangerna. Jag återvände uppåt gamla stan och avslutade mina inköp, återvände till rummet med mina påsar. Därifrån gick jag mot Nea Chora. Passerade alla fina fiskebåtar som var parkerade efter dagens arbete. Fiskarna satt samlade vid ett bord och åt, och skrattade gott. Fortsatte ut på piren och såg Jacob direkt. Han har en speciell stil. Medel längd, lite kraftig lite halvlångt, tjockt hår, skjorta i skrällande färger. idag en stark grön färg med lejon på och ett par shorts i tunt blekt skinn.

Ulla såg ut som en konstnär. Hon kunde vara i 50-årsåldern, ganska smal och kort. Fladdrande byxor, mönstrad tunika som inte passade till de olik mönstrade byxorna. Ett hår, rödfärgat, som rörde sig i alla rikningar, utan att det blåste.

Vi hamnade ungefär samtidigt tillsammans ut på piren och blev hänvisade ett bord precis vid kajkanten. Få badgäster fanns på stranden nedanför. Vädret var badvänligt men för en del kanske lite kallt. Vinterbadare fanns alltid på denna strand.

Jag presenterade mig för Ulla. Hon hade en ljuvlig stämma, en mjuk nästan dramatisk röst.

De som låg och solade var nästan enbart några turister. Det var forfarande tidigt på säsongen.

Vi serverades en kanna vatten omedelbart och vi började med att studera menyn. Ulla föreslog att vi skulle fråga vilken fisk det fanns idag. Bra idé. Hon talade också grekiska.

Vi kallade på servitören och till slut beställde vi dakos,(små hårda bröd med krossad tomat och fetaost) grillad sardin, kalamares, saganaki (tomatsås med räkor), octapus (bläckfisk) samt en grönsallad.

Vi gjorde som grekerna, beställde en portion av varje och ställde mitt på bordet.

Vi rekommenderades Retzina från Chania och det tyckte jag var bra. Gillar den väldigt mycket.

Ulla berättade vem hon var och vad hon gjorde på Kreta. Jacob fick sen ordet:

"   Det här är intressant och kul att ni är här båda två. Vill gärna ha er båda på min kommande utställning i Stockholm. Jag är väldigt förtjust i Ullas konst och din fotografering. Är det möjligt att vi kan ses ikväll hos dig Ulla, så Alex kan få se dina alster. Och Alex du måste väl ha tagit ett eller annat foto nu när du varit här. Det betyder inte att jag ändrat mig angående de foton som vi pratade om. Men hade en tanke också att vi skulle ha ett

Kreta-tema. Därför skulle jag vilja, om det går att vi ses ikväll för att visa målningar och foton.
Jag ska var här ett par dagar till."

" Jacob, jag åker ikväll."
Ulla sa inte så mycket, hon bodde här nästan på heltid.
Retzinan serverades tillsammans med dakos.
Vi åt en stund under tystnad. Det var inte mycket gäster på restaurangen. Vi var lite tidiga.
Dakos var gott som förrätt. Har aldrig ätit det tidigare.
" Alex, har du varit mycket på Kreta."
" Nej, ett par gånger för länge sedan."
" Men nu är du här själv, utan familj."
" Ja, jag är ju halvgrek och är här för att jag fått ärva ett mindre ställe utanför Chania.
" Va, det låter ju synnerligen intressant."
" Ja det är det onekligen men mer kan jag inte säga just nu. Är det söndagen som kommer efter denna som utställningen äger rum."
" ja det stämmer, så jag vill att du kontaktar mig senast tisdag så lämnar jag upplysningar. Jag åker härifrån nästa torsdag och säkert måste vi planera att vara i ateljén senast fredag efter-middag."
Ulla hade suttit tyst och lyssnat på oss.
" Jag kommer också på torsdag och ska stanna över helgen, så då ses vi där."
" Trevligt, ser jag fram emot."

Alla rätterna hade serverats och vi högg in på de olika rätterna. Grekisk vällagad mat är det bästa jag vet. Vi skålade i Retzina för kommande samarbete i Stockholm och denna underbara ö med det bästa klimatet sommar som vinter.

Jacob tog till orda.

"   jag har funderat på denna utställning ett tag. Vad vill jag med den och vilket tema ska jag ha. Mitt beslut är att den ska handla om livet och människors likhet i sitt leverne oavsett var de befinner sig. Det var därför jag valde dig, Alex. De fotografier du tagit och framkallat i svart-vitt och som du klätt med röda enkla ramar är ett mästerverk i min ögon.

Och där kommer då Ulla in med sina målningar som alla har det gemensamt att de innehåller någon form av rött."

Min mobil ringde. Jag bad om ursäkt och gick åt sidan.

"   Hej Alma, är allt bra, jag sitter i ett möte."

"   Hej Alex, sorry att jag inte ringt men förklarar sen. När kan vi höras."

"   Jag hör av mig när vi är klara, säkert om någon timme. Puss."

"   Puss."

Jag återgick till det vackra bordet i denna vackra oas. En blomstrande miniträdgård. Tog en klunk av vinet och Jacob fortsatte sin plädering.

"   Det fick mig att lägga till en del i min utställning och det är färgen rött. Har hittat 4 personer som passar in och som jag har bjudit in.

Det är en konstnär från Sverige, en glasblåsare från Grekiska fastlandet och ett par som har rött som en röd tråd i vad de än gör. Lokalen gör att vi kan ha max 10 konstverk/person.

Men de går att byta ut och det går att ha några i en låda som får plats på bordet ni har. Jag tänker ha utställningen i 4 veckor, med början nästa söndag.

Det betyder att ni har möjlighet att varje lördag efter stängning byta ut era konstverk mot nya.

Och dessutom ska där finnas en pärm för de konstverk ni tagit ner och som ska ligga framme för de som kommer tillbaka eller som vill titta på vad varje konstnär har producerat. Inte nog med det. Varje söndag mellan tolv-sexton blir det vernissage med lite alkoholfritt vin och lite snacks. Och det ska ni stå för. Jag tar ingen hyra av er men tar fem procent av er försäljning av det ni sålt under dessa fyra veckor. Så det måste ni ta i akt när ni sätter priserna. Vi skriver ett kontrakt om det och hur betalning går till. Är detta okey för er?"

Vi svarade i mun på varandra att det verkade okey. Ingen av oss hade någon som helst erfarenhet av vernissage.

Vi skålade på det och pratade lite smått om olika konstnärer och sen sa Jacob att han har kallat in en del press till första söndagen. Han har vissa kontakter. Låter bra.

Vi drack upp det sista och jag och Jacob gick hemåt. Vi skildes åt vid min gata där hotellet låg och han fortsatte mot centrum och sitt hotell. Jag gick till fiket och beställde en öl och ringde till Alma.

" Hej Alex, hur är det."

" Bra kära du, och ni, vad är det som händer där hemma?"

".   Polisen har varit här till och från och tagit fingeravtryck och försäkringsbolaget har kontaktats,   kommer imorgon. Familjen får sova hos oss ett tag till men det går att vara hemma på dagarna.

 Jag promenerade sakta till Nora, och väl framme gick jag direkt upp på rummet och precis innanför dörren hade någon stuckit in ett brev. Böjde mig ner och tog upp det, mitt namn stod på kuvertet. Satte mig ner på sängen och öppnade brevet. Läste:

`Hej Alex, jag är Ewy och vi sågs i Livadia.
Grannen Stelios fru. Jag förstod att du kände igen mig för jag kände igen dig. Kommer du ihåg när du var liten och lekte med Strumpan. Hon lekte med en tjej ibland och du fick inte vara med. Det var jag, minns du. Men sen sågs vi inte förrän vi gick på gymnasiet. Då sällskapade du med Strumpan och vi umgicks ganska mycket där ett tag. Jag skriver detta för jag visste vilket hotell du bor på. Gav det till ägaren som skulle förmedla detta.
Underskrivet Ewy och med mobil.nr.`

Jag läste en gång till och tänkte att världen var bra liten. Tog upp mobilen och slog en signal.

" oriste," sa en röst

" Hej Det är Alex."

" hej, o va kul, du har fått brevet. Undrar om vi kan ses för jag är i Chania nu och några dagar framåt."

" Ja visst, men bara nu för jag lämnar Kreta sent ikväll.

" Det låter bra, var?"

" Var bor du?"

" Jag bor på Samaria hotell, vid busshållplatsen."

" Men det är nära. Kan vi ses på Remezzo? Om en halvtimme.?

" Ja, perfekt."

Satt kvar en stund på sängen och funderade om jag skulle ringa till Alma. Men hon hade sagt att hon skulle ringa upp igen men det hade hon inte gjort. Bestämde mig för att avvakta eftersom jag skulle gå iväg och träffa Ewy.
Kände mig lite trött just nu och bestämde mig för att inte spendera så mycket tid med Ewy.
Hon hade inte anlänt när jag kom fram till Remezzo. Jag tog ett bord längst fram nära havet. Beställde en kaffe. Underbar eftermiddag. Turister kom i grupper, ledda av en guide med ett paraply som hon höll i rakt upp i luften. Ringde till Viola, men inget svar.
Vad i allsin dagar har hänt. Varför försvann hon med tre karlar. Vilka var dom och vad ville de

henne. Hoppades bara att hon inte behandlades illa. Tittade mig omkring men ingen Ewy syntes till. Hade suttit säkert suttit i tjugo minuter men nu kom hon hon gående. Hon hade inte ändrats mycket under alla dessa år. Hon såg ut som jag mindes, lång och smal och kortklippt hår. Hade nog aldrig sett henne i någon annan frisyr ens när vi var yngre.

Hon sökte mig med blicken och jag reste mig och viftade med armarna. Till slut fick jag ögonkontakt.

"   Hej Alex, herregud, det är ju otroligt det som händer. Höll på att få en chock när jag såg dig där i Livadia. Efter så många år. Först vill jag fråga hur Strumpan mår. Ni var ju ihop då på den tiden, eller hur?"

"   Hej, Ewy. Jag blev också överraskad. Tyckte jag kände igen dig men inte varifrån. Fotograferade dig där i Livadia, vet inte om du märkte det. Men sen glömde jag det, kom annat i vägen. Men det var brevet som fick mig att komma ihåg. Strumpan mår bra och vi var tillsammans men hon träffade barnens blivande pappa och jag blev sviken och flyttade till Arboga. Hon har två barn och har separerat från den mannen som också är min frus halvbror. Hon bor i Köping. Låter inte klokt men så är det."

"   Jag träffade min man här, fast han är från Holland och har grekiska föräldrar som bodde i det huset som vi bor i nu i Livadia. Vi bodde i Sverige några år. Men för ett antal år sedan beslutade vi att flytta hit. Vi har två barn som är tio

234

och sex år. De har funnit sig väl tillrätta. De har liksom bara smält in. Och hur hamnade du här?"

" Ja lite samma kanske, just nu kan jag inte säga så mycket men min far är grek och vi har ärvt ett hus. Vi har två barn sju och snart sex år. Jag är fotograf och journalist, frilansande. Min fru Alma är massör och vi bor i Medåker.   Var bodde du tidigare?"

" Jag bodde kvar i Hammarby även som gift och vi bodde där ett par år men sen flyttade vi hit. Vi har bott här i, få se nu, snart fem år. Vi har just sagt upp lägenheten i Hammarby och nu ska vi bo här. Känns väldigt bra måste jag säga. Ska ni flytta hit eller."

" Det vet jag inte än, allt är så nytt. Men vad jobbar du och din man med?"

" Jag är yoga coach och även utbildad trädgårdsmästare. Inte så mycket jobb för min del men min man säsongs jobbar på en restaurang i närheten. Vi tar lite små jobb på vintern. Jag lär ut engelska till några barn och maken Stelios tar lite extra jobb med olivplockning, målning osv. Vi odlar ganska mycket och kan även sälja lite av våra trädgårds flavörer. Man får vara lite allt i allo och vi gillar verkligen livet här."

" Men har du träffat Strumpan på sistone?"

" Nej det var längesen, och du?"

" Jag har träffat henne och hon har också två barn och bor just nu i Köping, ett par mil från där vi bor. Västmanland.

" Men hur hamnade du där?"

"   Jag tog jobb som ung på militären i Arboga. jobbade där många år men slutade efter ett par år. Och jag hade journalist utbildning i bagaget och fick   ett vikariat på Arboga bladet. Hade utbildat mig till fotograf på kvällarna. Sen har jag levt på att vara frilansare och hittills går det framåt. Vi flyttade från Arboga förra året och vi köpte hus i Meråker. Alma håller på att bygga upp en verksamhet i vår källarvåning. Massage, yoga, terapi m.m"

Om du kommer till Sverige, hör av dig så kan vi ses. Tillsammans med Strumpan.

"   Ja det ska jag göra, jag åker upp en gång om året och bor hos min halvsyster, som du inte känner. Hon bor i Gnesta. Men vad spännande med er som har yoga hos er. Ska ni ha någon verksamhet i huset på Kreta?"

"   Ja det kanske blir och när du bor nära så kanske vi kan hjälpa varandra. Vi har mycket att fundera över först och byggnaderna måste repareras."

Vi pratade om alla år som passerat. Vi bestämde att vi skulle ses framåt. Vi bodde ju grannar på Kreta men Ewy besökte ibland Sverige och då främst sin syster som bor i Gnesta.

Vi skildes åt med en kram och jag tog närmaste väg till Nora.

När jag slagit mig ner på den obekväma stolen på balkongen ringde jag upp Alma.

"   Jag kommer hem sent ikväll, älskling:"

" 	Det låter toppen, Alex, du saknas oss väldigt mycket. Barnen frågar varje dag när du ska komma hem. Jag längtar mest att få se alla bilder från vårt framtida liv. Så spännande.
Och jag jobbar på, vi har en hel del jobb och bygger upp en stadig kundkrets. Jag har dessutom fått ta emot personal från Arboga kommun och som är nöjda så vi har lite planer på gång. Har dessutom fått tag i en yoga-coach för vårt sista rum. Hon är intresserad och kommer imorgon för att rekognosera. Hon har bott i Stockholm men tröttnat och flyttat till Arboga, på väg mot Fellingsbro. Spännande. Vi har så mycket att prata om när du kommer hem. Du måste meddela tid så vi kan äta något gott när du kommer."
" 	Jag tror det får vänta för jag flyger härifrån elva ikväll. Landar långt efter midnatt. Jag bokar ett rum på hotell här i närheten. Mälartåg kör direkt imorgon. Vad säger du om det?"
" 	Det tycker jag låter bra."
" 	Då packar jag färdigt och åker iväg efter att jag ätit nåt lätt. Vi ses snart. Puss och kram, min älskade Alma.
" 	Puss o Kram Alex och välkommen hem till oss i mormors hus."
" 	Tack."
Packade det sista, kontrollerade att allt var med. In i duschen, varmvattnet var inte så varmt ikväll men det dög. Klär mig och lägger ner det sista i väskorna.

Går ner och tar en enkel rätt som jag får i paket. Går upp och grabbar en öl från kylen på rummet och sätter mig på balkongen och njuter av att vara här. Det var skönt att jag fick behålla rummet tills nu. Tiden är inne och jag tar mina väskor och går ner för trapporna. Eftichis har gjort iordning min räkning och jag betalar. Tackar för mig och går ut i den ljumma kvällen. Längtar redan tillbaka.

Stiger på bussen som tar mig till flygplatsen på en halvtimme.

Checkade in bagaget. Det blev en väska mer till hemresan. Hade köpt på mig en del till familjen och hemmet.

En timme kvar till avresan. Passerade kontrollen och slog mig ner på en bänk. Märktes att det inte var full säsong. Många tomma platser.

Och nu, tankarna. Vem var Viola, vad gjorde William på Kreta. Bodde han där. Tomas är inte att lita på. Och sen det som hänt hemma i Medåker.

Hade mycket att reda ut. Bordade planet, plats 20. En kvinna i 30-årsåldern trängde sig förbi och satte sig på sin fönsterplats. Resan kunde börja.

Detta är jag. Agní (Agneta) Tzanakis. Är åldersrik och gift. Har 4 barn och 6 barnbarn. Min yrkeskarriär ligger bakom mig och jag frilansar. Har arbetat inom olika områden från städerska till egen företagare. Detta tillsammans har gett mig min livserfarenhet. Ett antal resor i Europa har det blivit genom åren. Jag bor i Sverige men tillbringar mycket tid i Grekland. Att skriva har inte varit något jag ägnat mig åt tidigare. Det föddes just på en resa i Europa. En författarkurs, lite självkänsla och jag tänker fortsätta.